周裕华
2023年5月摄于上海世纪公园

追梦宁思
话人生

周裕华 著

花山文艺出版社

河北·石家庄

图书在版编目（CIP）数据

追梦宁思话人生 / 周裕华著 . -- 石家庄 ： 花山文艺出版社，2024.6
　　ISBN 978-7-5511-7135-9

Ⅰ . ①追… Ⅱ . ①周… Ⅲ . ①散文集－中国－当代 Ⅳ . ① I267

中国国家版本馆 CIP 数据核字（2024）第 029623 号

书　　名：**追梦宁思话人生**
　　　　　ZHUIMENG NINGSI HUA RENSHENG

著　　者：周裕华

责任编辑：刘燕军
封面设计：谢蔓玉
版式设计：刘昌凤
美术编辑：王爱芹
出版发行：花山文艺出版社（邮政编码：050061）
　　　　　　（河北省石家庄市友谊北大街 330 号）

销售热线：0311-88643299/96/17/34
印　　刷：三河市元兴印务有限公司
经　　销：新华书店
开　　本：880 毫米 ×1230 毫米　1/32
印　　张：7.75
字　　数：175 千字
版　　次：2024 年 6 月第 1 版
　　　　　　2024 年 6 月第 1 次印刷
书　　号：ISBN 978-7-5511-7135-9
定　　价：69.80 元

序

人生是一次宝贵的旅程，需要我们用心去思考，用心去探究。每个人对于人生，对于存在，都有着不同的理解，也在试图寻找立身处世的方法。而诗人、作家周裕华，在持续的思考和反思中，逐步形成了一种积极的态度，去面对挑战和困难，寻找和认识自己，对自己和别人负责。《追梦宁思话人生》就是这样一部浓缩了他深邃思想的哲理之作——它是鼓舞人斗志的励志语录，是引导人开启心灵之窗的智慧宝典，亦是人生之路的践行范例。

思考生活，如同一场漫漫的长途跋涉，在旅途中，我们无时无刻不在找寻着生活的意义和目标。世路走走停停，我们通过思考和探索，得到智慧和启发。每个人都有自己独特的人生轨迹，也有自己独特的生活态度。周裕华正是在不断地思考和探索中，逐步确立了对宇宙、社会、人生的看法，并期望通过他自己的文字，为那些当下处于迷茫的人们点亮一盏心灯。

作为诗人、作家，周裕华始终相信生活。他的人生里也不乏艰难险阻：动荡的童年，纷至沓来的磨难，职业生涯的困顿……但他从未被困难消磨意志，而是以乐观作为自己的人生哲学：人生无常，道路上必然有那么多曲折，那么多坎坷，无可逃避，也不必逃避。"文穷而后工"自古皆然，于诗人、作家而言，挫折反而是一块磨刀石，磨砺人的意志，只有那些在风雨中乘风破浪、披荆斩棘的人才能获得成长和提高的机会，也只有这样，才能于苦难的茧里破出真理的蝴蝶。

寻找真理，是为了获得更充实的人生。"人生的长短不是以时间衡量的，而是以思想和行为去衡量。"周裕华便是在思考中不断增加人生的厚度和深度。他从不遮掩内心最真实的声音，直面自己，剖析自己，把自己的心灵当成社会的一面镜子，由此照出芸芸众生的矛盾纠结。但他也不仅仅是犀利的、高高在上的，他是如此直面人生，就如站在尘土之上，和所有普通人一样忧虑、感怀，也试图寻找拨开人生迷雾的指示灯，让每个读到他作品的人掩卷释然，在心灵的洗礼中获得快乐和满足。

寻找真理既是为了自处，也是为了更好地与人相处。个体不可能脱离社会存在，尤其是现代，我们和他人的关系变得愈发紧密，但个体意识的觉醒又时常让我们在人际关系中举步维艰。周裕华推崇与他人真诚相处，他更相信人是社会性的动物，必须相互依存，相互合作，相互进取。因此我们要学会尊重，学会理解，学会关爱，学会帮助，学会和谐相处。只有在相互尊重的交流中，人与人才能得到更多的智慧，更多的经验，更多的支持和帮助，才能建立更加和谐、幸福的世界。

总而言之，周裕华的人生哲学就是要对自己、对他人负责。他告诉我们：每个人都是独立的个体，是我们所有行为的决策者和实施者。因此我们要明确价值观，遵守原则，砥砺前行，做好人生中的每一个选择，同时担负起我们应该承担的社会责任：尊重他人的权益和尊严，关心他人的需求和感受，为他人的快乐做出自己的贡献。

最后让我们感受他所传达的信念，成就更完美的人生吧。

周婕

目录

第一辑

携一抹生活的心香
雕刻出人生的光彩

第二辑
修得淡然心性
练就悠然灵魂

第三辑

鸟随鸾凤飞腾远
人伴贤良品自高

第四辑 | 让心灵的脚步永远铿锵

第五辑
放下无谓的负累
成就最好的余生

第六辑
好的书籍
是智慧的钥匙

◆ 一

第一辑

携一抹生活的心香　雕刻出人生的光彩

知足常乐，把日子过成诗

●
●
●
●
●

在人生的大舞台上，每个人都扮演着不同的角色。能谨守本分的人，不希求越分的事，那便是最愉快的人；不安分守己的人，以贪婪狡诈为乐，往往会陷入危险的境地。所以，不同的选择，可能会决定我们不同的人生道路。

人的欲望总是永无止境，如好高骛远，得陇望蜀，贪得无厌，今天这个给你满足了，明天那个就会冒出来，以至于被发财的梦魇拿捏得魂不守舍，就像一个背负沉重枷锁的囚徒，永远不能安宁解脱。这就是说，过分地喜爱名利就必定要付出更多的代价；过于积敛财富，必定会招致更为惨重的损失。所以说，懂得满足，就不会受到屈辱；懂得适可而止，就不会遇见危险的情况。正如杨绛先生所言，保持知足常乐的心态，才是淬炼心智、净化心灵的最佳途径。

我国古代思想家老子在《道德经》里这样写道："名与身孰亲？身与货孰多？得与亡孰病？是故甚爱必大费，多藏必厚亡。知足不辱，知止不殆，可以长久。"

这是老子为人处世的精辟见解和高度概括。"知足"就是说，任何事物都有自己的发展极限，超出此限，则事物必然向它的反面发展。因而，每个人都应该对自己的言谈举止有清醒的、准确的认识，凡事不可求全。贪求的名利越多，付出的代价也就越大；积敛的财富越多，失去的也就越多。老子希望人们，尤其是手中握有权柄之人，对财富的占有要适可而止，要"知足"，才可以做到"不辱"。"多藏"就是指对物质生活的过度追求，一个片面追求物质利益的人，必定会采取各种手段来满足自己的欲望，甚至会以身试法。"多藏必厚亡"，意思是说丰厚的贮藏必有严重的损失。这个损失并不仅仅指物质方面，还包括人的精神、人格、品质方面。

这缤纷的世界里，万象万物不过是道的外在显现而已，而道的本质特性，皆包含在外壳里边的内核之中，若要透过现象看本质，全靠我们一颗诚心去感悟。人活在这个世上，都要有一颗敬天敬道之心，禀天命之气数而生，就应当以全理顺之于天，循天道而行。倘若对天地不敬不畏，背天理，逆天行，妄贪财货，妄求虚名，其结果将是亏天理，名与实皆丧，货多害必生。若是贪得无厌之人，不知其足，贪心不已，且不知其止，那将凶事随之，祸殃亦会降之。

人生其实就是一场艰苦的修行，修的是一颗初心，修行中勿忘重其身而轻其名。怎奈世间人颠倒行事，贪其虚名，而不顾其身。如此可知，一个人的福报是与自己选择的路和贡献相匹配的。也就是说，做一个真实的人，你有多大的德行，就配多高的地位，就配多大的财富和福气，所谓"君子爱财，取之有道"，不做非分之想，不利欲熏心，遵纪守法，不巧取豪夺，内心才没有忧虑，生活也会安宁快乐。

在这充满物欲的年代，我们要做一个素心之人，不贪婪、不虚伪、不圆滑，以真面目示人，始终保持淡泊名利的心态，摆脱利欲熏心的牵绊，勇敢突破世俗藩篱，保持一个纯净高贵的灵魂，慢煮自己的精神生活，即便物质不够富有，我们照样也能把日子过成诗。

爱是温暖的太阳

· · · · ·

生命在岁月里往来，携带着情感和爱的灵魂，当人们的灵魂颠沛时，爱就是一种救赎。爱可以成全人们的未来，它就像是打开心扉的一把钥匙，是精神高处的唯美境界，旷达而放远。

爱，是灵魂的组成部分，和灵魂有着相同的本质。爱被人们称作神的火星，和灵魂一样，是不可腐蚀的，也是不可分割的，它们不会枯竭，就像是人们心里的一个火源，无尽期、无止境的，是任何东西不能局限、任何东西不能熄灭的。只会感到它一直燃烧到骨髓，一直照耀在心中。

法国著名作家、诗人维克多·雨果说："人间如果没有爱，太阳也会灭。"其含义就是万物因爱而生，把爱和太阳的存在相比喻，可见爱的重要性，倘若太阳没了，人间的一切还存在吗？爱有多种，但不管是什么爱，意味着总要有爱才有一切存在的意义，否则没有了爱，也就没有了一切。所以，爱是万物之心，是永恒的主题，是高尚的情操，是美好心灵的重要因素，是克服困难奋勇前行的最大原动力。

爱，是人类灵魂深处闪烁的光芒，璀璨而耀眼，人类正因为有爱，人性才处处充满光辉。所以，爱是精神与精神依附的纽带，是灵魂与灵魂靠并的桥梁。

有些时候，人们由于忘了心性的方向，忘了心性的根源，见利忘义，无所不用其极，甚至作恶多端、恶贯满盈，故而道德沦丧，行为失范，沦为"人不为己天诛地灭"的精神乞丐。所以罪恶才会无所顾忌地侵入人们的心灵，颠覆人们的认知和思想，由于人们放弃了心灵的信守，才会造成爱的信念失守。

其实，爱也会让我们创造奇迹。当你的内心觉得无助绝望的时候，爱就是滋润你心灵的一剂良药，让你重新燃起对生活的热情。因为根植于人内心的爱，是可以用来滋养、温暖人心的，并能生成美化生活和世界的一种强大力量。爱也是种植生命和生长生命的动力，它能传递和激发人们的情感和奋斗目标，生命如果没有爱，世界将会无色无彩。爱是大慈大悲的阔远，是人生旅行中最有效的通行证，所以，爱才是创造一切美好生活的源泉。

每个人都应该守着自己的人生信条，从客观的角度、用欣赏的目光去看对方，用一抹真诚去倾听别人的见解，为别人的付出而鼓掌。例如，苏格拉底一辈子以启蒙点灯为己任，孜孜不倦、乐此不疲，直到被关进大狱，临死前都不忘启蒙点灯他人，因为他知道灯多了，黑暗就少了，愚昧也就少了，社会就进步了。对国家民族满怀深沉挚爱的人，才会批评社会的阴暗面。只有怀揣光明的人，才会去发现和揭露生活中的黑暗，因为他们知道这是一种责任，他们以唤醒别人的觉悟为己任，这其实也是一种博爱的体现。

守一窗岁月静好，带着感激的爱意上路。境界是一个人的思想觉悟和精神修养，也是一种自我修持的能力，体现了一个人的修为与担当。保持对社会的热情，努力担负起一份社会的责任，人间自然会大放光彩。相信你用什么样的态度去面对爱，生活就将回报你什么。往后余生，不妨继续做个有爱的人，不改变炽热，面朝大海，走向博爱的春暖花开。

当你不断地给予别人爱的时候，别人也会是同样爱你的；当你不断地为世界赠予你微弱的力量时，你心中的世界也是美好的，别人目光中的你更是温暖如春的。因为你有爱，人性处处充满了光辉；因为你有爱，生命时时热烈如注。爱是情意，爱是温暖，爱是生命的希望和美好，唯有爱，才能让生命相互取暖；唯有爱，才是高于一切投资的收益。爱如阳光明媚，如雨露璀璨，让生命在修行中完美，让灵魂在感念中不断升华。

心中有信仰，一切期待都会如约绽放

·····

命运之神就是这样，只要你不抛弃它，不任其摆布，不放弃追求与向往，那你就一定能跨越荆棘，走向成功的人生之路。其实，生命的意义在于拥有一颗坚强的心，在于拥有一颗勇于付出、敢于征服的心，在于拥有挫而不退的意志力，用自己的信念、勤劳和智慧，去打磨一个美好的未来世界。

我们是这样理解的，信仰就一定是超自然、超世俗的，也就是说你相信有一样东西存在，并愿用一生的精力和时间去维护，去探索，去追求，用实践来实现自己的梦想。

一位明星说过："生命的意义不只是存在、生存，而是前进、提升、成就与征服。"其可释义为，生命的意义不仅在于简单的存在与活着，而是去前行、进步、获取和征服。每个人都有自己的闪光点，要善于发现自己的优秀之处。与其一生碌碌无为，平庸度日，不如把握大好时光，做一个积极进取的人。

物以稀为贵，人以信仰为荣。你对这世界的态度，决定了你会拥有怎样的世界，也就是说，你怀着怎样的人生态度，就能过上怎样的生活。我们的目标是什么？是漫无目的地随波逐流、无所事事，还是提升自己的价值，朝着自己心中的目标前进？在人生的路上前进，有时候没有退路，才会有出路。因此，在遇到困难险阻的时候，要看到自己奋斗的成绩，要看到光明的前程，要提高我们抗压的能力。

在打拼的路上，我们必须相信自己的潜能，潜能是用来做事业的，要奋斗就要义无反顾。当然，所有的努力都有一个循序渐进的过程，在通往成功的道路上，总是会遇到各种各样的失误，这很正常，我们不应该害怕犯错，而应该从这些失误中总结经验教训。在这个奋斗的关键阶段，我们要保持清醒的头脑，竭力做到败不馁，胜不骄，最重要的是你不能停止前进的脚步。虽然当你发现身边的人比自己优秀时，心里总会惊慌，但是与其慌乱，不如控制自己前进的节奏，慢慢来，慢一点儿没关系，但千万不要畏惧而停止努力。别让自己的梦想只成为梦想，如果有了梦想而不努力去实现，梦想最后只能成为空想。如果下定决心要做好一件事，就不要怕前方会有困难，只有做了，才知道自己到底行不行，不做就永远不会有成就。

信仰是人们开展社会实践活动的精神支柱，是力量的源泉。我们今天的地位和取得的成就，都来源于自己的信仰、信念与执着，来源于实践中不断进取与提高。倘若放弃或者偏离这种信仰与信念，意味着我们的人生将一事无成，随着时间的推移，我们的人生也会被彻底改写。所以，心中有信仰的人，一切好运都会不期而遇，一切期待都会如约绽放。

开启智慧之门的一把金钥匙

●
●
●
●
●

哲学是关于世界观的学说，是世界观和方法论的总和。哲学是一把开启人类智慧之门的钥匙，人类因好奇而学习，以思考为工具追求真知。哲学赋予人类开阔的视野，破除了思想桎梏的边界，拓展了想象的无限潜能。可以这样说，你有怎样的世界观，就会有怎样的方法论，人的认知意识有主观能动性，能够认识和改造客观世界。

在这纷杂的世界里，如何知道正确与否？近代哲学奠基人笛卡儿认为，人类所有的认知都可以用同样的方式串起来，在理性主义下，人们能够根据自己的思维原则证实观念，并进行逻辑推演，如果没有经过逻辑推演检验的结论，都需要拿出来重新审视，通过去粗取精，去伪存真，方能知道正确与否。除此之外，那些错误的观念不但浪费时间，而且对我们有害。因为人总是要捍卫自己的观念，所以认知会各不相同。如何才能通过管控分歧与观念来塑造世界呢？这已成为人类探索认知的重要课题。

以逻辑判断介于事实判断和价值判断之间，不管是逻辑判断还是事实判断，都必须具备缜密的思维能力，主观与客观必须依托科学共同体的结论和价值取向进行判断，才能走向更高级的文明之路。

辩证唯物主义认识论认为，正确意识对事物的发展进程起着积极的推动作用，而错误的意识只能起着消极的阻碍作用。不管怎么说，人类的认知总是一步一步由低级向高级发展的。

窃以为，人必须要有独立之精神、自由之思想，让思想去自由竞争，才可以用进化算法去淘汰落后的观念，留存先进的观念。例如中国先秦时代，之所以是中国古代第一次思想文化繁荣的高峰，是因为那是一个观念自由竞争的时代，做到了真正的百家争鸣，百花齐放。诸子百家开山立派，各执一说，缔造了中国前所未有的思想盛世，这种观念竞争带来了社会发展的辉煌。

唯物辩证法认为，人的真知来源于广泛的社会实践，并从实践中获得知识，再将获得的知识运用到社会实践中去，如此循环往复，便形成了理论。虽然理论不能证明理论的正确性，但是科学的理论能对社会的进步发展起着积极的指导、推动作用。

哲人作品汇聚的篇章从不同的视角阐述了一个精彩纷呈的锐利世界，并带有强烈的思辨能力和主张。他们那种前瞻、精辟、犀利、冷峻、智慧的言语，无不打动读者的心扉，使人为之惊叹、动容，从而提高了我们对事物的深刻认识。

避害趋利，丈量好自己

·
·
·
·

　　在这个世界上，每个人头上都有一方心灵的居所，有快乐，也躲避不了愁苦，唯一能够做的就是读懂自己的内心世界，脚踏实地向前走，顺其自然地生活，把尘世看轻些，把得失看淡些，把成败看开些，不和自己较劲，不为尘世琐事困扰，心要学会满足，不让污浊侵蚀我们的头脑。面对生活的压力，不去抱怨，尽量担待，只有这样才能获得内心的平静与踏实，才能享受轻松健康的人生。

　　老子在《道德经》中这样讲："天之道，不争而善胜，不言而善应，不召而自来，繟然而善谋。"意思是说，自然的法则就是不交战而善于胜利，不发言而善于回应，不召唤而自动到来，云淡风轻却善于计谋，有一种从容淡然的心态，从而不会因名利而屈服，那些来自欲望的病痛自然也就消失了。

在我们传统的思想观念里，自然大道有着自己的运作规律，那就是不争而能取胜，不言而能回应，不召唤而万物自归其所，以无为而筹措万物。天之大道处处在，过度放纵欲望会让我们迷失本心，容易招惹祸患，而过度克制欲望又会让人坠入痛苦的深渊。在追求名利得失的时候，我们也要遵循良知和道义的指引，别把名利看得太淡，也不能看得太重，保持内心的坦荡安宁就好。此外，我们在进取的过程中，不要拿别人家的尺子去丈量自己的生活，不要自寻烦恼，要修炼内心，才能把日子过好，活得舒心自在。其实，这个天道不仅仅是无情自然，更是涵盖无情有情、无生有生等所有因素，这些就是事物运行的规律。

许多时候我们之所以不快乐，是因为我们追求的太多，得到的太少；因得到的东西太少，故而欲望得不到满足，于是烦恼接踵而至。其实人生最好的状态就是不强求，不攀比，不妄取，不拘于执着的苦恼，不拘于无妄病态之中，一切贵在随缘。看得开，放得下，无所求才会无所不有。换一种活法，用不一样的慧眼看待世界，我们会活得更加自在，更加轻松，更加潇洒。

万物依靠大道，凡事都是天意。一切最终的胜败得失都是苍天的旨意，一切最终的存亡利害都是大道的意志。人们的一切愿望和诉求，所有能力和条件，都是暂时的、局部的和有限的，都只能在一段时间里，在某种程度上发挥作用，产生影响。不争而得是顺应大道的意志，是善为；不言而应是因为满足民众的诉求，是善言。所以胜败的关键，不是看主观如何努力，而是看客观的势态和规律；响应的关键不是花言巧语，而是人心的渴望和诉求。也就是说，凡事要从客观出发，做事要为对方着想，成功从利他开始，而非一切从主观愿望出发，做事只为自己的利益，失败从自私开始，这就是颠扑不破的天道法则。

先贤的教诲，仿佛给我们弹奏了一首天道之曲，那声音在告诫我们，要不动声色地生活，把心态调整好，心怀希望，沉稳度日，用力地去生活。

懂得进退，守住底线

• • • •

　　愚者以地位、财产自傲，智者以尊重、美德为荣。在现实的社会中，我们的一言一行体现的是我们的修养，是灵魂的模样，这都将被人看在眼里。其实，人生就是一场耕种，种下什么才能收获什么，种下美德收获美德，种下尊重才能赢得尊重，真正高层次的人总能平等待人，懂得换位思考，尊重别人。在生活中，如遇自高自大的小人，我们一定要及时避开，并以此为鉴提升自己，不骄不躁，与情趣相投者互勉，使灵魂得到净化。

　　明代著名哲学家、思想家王阳明曾说过："人生大病，只是一'傲'字。"心学大师王阳明认为，人生大病，只是一"傲"字。做每一件事都要符合良知的要求，这样才能使心中的浩然之气壮大起来，再遇到其他事情就更能以良知为指导，从而达到"从心所欲而不逾矩"的中庸境界。人如果不能看清自己，就容易骄傲自满。心中若装满了骄傲，便很难听取忠告，吸取经验教训，长此以往只会故步自封、止步不前。没有自知之明的人往往飘飘然，摆不正位置，找不准人生支点，驾驭不好这命之舟。怎样才能自知之明？那就需要做好对自己的省察，如果能做好省察，那么愚蠢也会变成聪明，柔弱也会变成刚强了。

人贵有自知之明。谦虚其心，宏大其量，便是格物。谦虚不是虚伪的客套，而是一种永不满足、永远前进、自强不息的态度。行动起来，在过程中学习所需要的知识，定期审视自己并及时改正。不断地纠正自己的航向，让自己在一条正确的航线上前进。其实，人犯错是正常的，知道改正就是良知。改正的过程就是学习进步的过程、修炼的过程。坚持每天进行一次省察，只有向内求索，才能找回本心。有些人发迹后，被走运冲昏了头脑，于是就看不清自己而从高处跌落。人前风光时，是否经得起灵魂的拷问？离开位子，你是谁？如此反思，定有醍醐灌顶之感。

"满招损，谦受益。"在社会上，越是位高权重，越是要谦虚，在位有德行，才能让人心悦诚服。也只有这样，才能在集体中形成一股向心的凝聚力。反之，举止傲慢，自命不凡，自以为是，这种行为只能图一时之快，实则会遭人唾弃，对其以后的发展极为不利。只有接触到有修养的人，才会反省自己原来的丑陋和愚蠢；只有站在德行制高点上的智者，才能做到锐气藏于胸，和气浮于面，虚怀若谷，才气见于事，义气施于人，事业才能蒸蒸日上。

窃以为，大智若愚的人经常给人惊艳，谦虚内敛的人总是让人钦服，狂妄傲慢的人则由于无知容易成为他人的笑柄。所以，应待人诚恳，虚怀若谷；做事讲原则，绝不突破道德底线；有所为，有所不为；进退有度，而且要多肯定自己，让自己变得积极向上，从而赢得人们的赞誉。

水静形象明，心静智慧生

岁月告诉我们，水能静下来，才能映彻世界，所谓"水静极则形象明，心静极则智慧生"。心静如水是人生最美的状态，静以生慧那是人生的最高境界，只有心静了，才能真正做生活的主人，细品生活的乐趣。然而，能做到这一点，就需要有知识的烘托，更需要有智慧的认知。心只有平静了，才能生智，可谓心静而致远。

《大学》里如是说："知止而后有定，定而后能静，静而后能安，安而后能虑，虑而后能得。"意思是说，人之内心要有一种定力，任凭外境变化，我心自岿然不动。而只要以这种定力为基础，内心就能完全平静下来，杂念自然无处而生，渐渐就能进入轻安喜乐之境。此种状态下，人之思维就会非常活跃空灵，因为没有了各种欲望、烦恼、恐惧的纠缠，完全出自本心，所以一定会有正确的思维、正确的见解。只要有正知正见，自然会有所收获，古往今来一切圣贤莫不如此，而这一系列过程的起点就是"定"，所以才有"定能生慧"之说。从世俗的角度而言，"定"也是内心镇定，无论面对什么危险或者异变，都不必慌乱，而且能够迅速做出最正确的决定。而这也正好是人生必备之能力，但这并不能一蹴而就，必须练就好的内功，再加以一定天赋，最终就可达到"每临大事有静气"的境界。

大学之道，在于弘扬光明正大的品德，在于用真情实意对待他人，在于使自己的德行达到理想中的高度，也使人明了自己的价值观，明了生命中什么对自己是重要的抉择，明了自己的追求方向。如此，即便做同样的事，我们心中亦是非常清澈而安定的。在工作过程中，遇事能镇静沉着，不慌不忙，有条不紊，方能成就一番事业。其实，这也是一种难能可贵的精神，是一种性格与作风的自然流露，更是一种智慧与意志的完美契合。

每临大事有静气，以宽阔的胸怀为底蕴，以远大目光为前提，以坚定自信为引领，胸怀大格局，用慧眼去认识世界。若遇见小人，不必计较，计较会生烦；有些事，不必在意，在意会很累。当然，静气不是懒惰，而是耐心等待；不是消极，而是厚积薄发；不是迟钝，而是胸有成竹；不是无所作为，而是全力以赴厉兵秣马，静气就是胜利者的必备品质。理解真正的平静，不是避开车马喧嚣，而是在心中修篱种菊。倘若我们心能静下来，就无须刻意远离喧嚣、远离纷扰，不管身在何处，都能寻得桃源的入口，头枕清风，安享悠游林泉的妙境。

待人接物都有智慧，能够不乱于心，耐心去做，跟大多数人和谐相处，就不会出差错，渐渐智慧开了，这是由定而生慧。

智慧开了以后，就能领悟生命智慧、充满内涵的悠远和安谧的意境，会激发生命的潜能，去惊艳生命之花，芬芳自己的岁月。看透人生的平静，让心灵得到一种美的净化，才能真正做到心安理得，才能思虑周详，唯有思虑周详——才能在奋斗中有所收获。

天下万事万物都有根本和枝末，有终结和开始。能够明了事物的本末始终的道理，那就更接近于明了大学之道了。

尊重他人就是尊重自己

● ● ● ●

在我们的现实社会中，有些人喜欢表现自己，有些人喜欢低调，这些都无可厚非。可以自信，但不要以傲气示人，因为每个人都有长处和短处。无论你多么博学、多么见多识广，都要学会尊重他人，因为别人不是来听你上课、受你教育的，这道理并不深奥，可以说是心照不宣的，但关键还是要把对人的尊重落实到行动中去。如果人人都有这种自觉，人际矛盾纠葛就会少许多，很多事情就要好办得多，整个社会的文明风气也会得到大大改善。

战国时期哲学家、思想家、教育家孟子说："敬人者，人恒敬之。"意思就是说，我们拿什么样的态度对待别人，别人就会拿什么样的态度回应我们。其方向也很明确，就是我们应该对别人态度好一些，至少应该表现得热情主动，这样才能促进交流，以实现社会和谐的目的。人与人见面要真诚相待，一视同仁，相互之间要真诚而不虚伪，礼貌而不冷漠，这些都是人与人交往的基本要求。

敬人是人类永恒的主题，衡量人类文明的尺度取决于人对人的尊重程度。尊重永远是互相的，尊重别人就是尊重自己，懂得尊重别人是一个人最基本的品德修养。尊重别人的爱好和感受，自己才能被别人理解和接纳，这也是交友的前提和基础。

由此可见，我们做人，身份高不要咄咄逼人，摆架子、耍威风，这不是明智之举，身份低也不是谄媚他人的理由，地位卑微、贫困潦倒，依然要有骨气。善待他人，相互理解、尊重，这种待人之道才有利于人际关系的健康、持久。

在人与人的交往中，我们不是不讲原则，而是要在坚持原则的基础上与人交往；不是刻意保持一团和气，无所追求，而是应在探索未来的基础上增进友谊；不是人云亦云，浑浑噩噩，而是各抒己见，妥善解决生活中的一些难题。其实，每一个人都是独立而不可复制的主体，他的生命应该得到尊重，他的价值和潜能应该得到展现。相反，如果一个人不爱别人，不尊敬别人，也不会得到别人的爱和尊敬。

人在社会中互相交往，应该尽量顾及他人感受，心存一个"敬"字。倘若遇见那种不可理喻、妄自尊大、自命不凡的人，想通过打压你来抬高自己，甚至颠倒黑白，触及你的底线，请相信你自己，并果断做出决定，及时止损，这也是对自己负责。

人与人能和谐相处，首要的一条是要懂得尊重、学会尊重，既尊重自己，又尊重别人。对此，我们要时刻用"以人为镜，可以明得失"的信条来警示自己，把它贯穿在我们待人接物的日常言行中，并坚持以此为鉴，不卑不亢，堂堂正正做人。如果有值得反省之处，哪怕只有一点点，也要改正，更要给人留下口德，不贬低或诋毁他人，只有这样，才能磨炼自己的灵魂，提升自己的人格，才能让我们心中原本美丽的心情得到绽放和升华。

心有明灯路途通

在漫长的人类文明进程中，由于受各方面的局限，人们的认知观念常常显示出一种不受人控制的自发秩序，于是形成了各种学派。他们众说纷纭，莫衷一是，故而亟须寻求解决一个相对统一的认知环境，以达到统一共识，从而对有限理性及复杂的观念进行梳理反思、设计和选择，基本达到可以确定某种观念行为一定代表未来发展的方向，某种观念一定代表落后、愚昧而被淘汰。经归纳总结，并在此基础上约定俗成地制定了一套相对完整的行为规范和道德底线标准体系，从而使人类朝着更健康、更有序、更文明的方向发展。

我国古代先贤孔子说过："君子和而不同，小人同而不和。"意思是说，君子在人际交往中能够与他人保持一种和谐友善的关系，但在对具体问题的看法上不必苟同于对方；而小人习惯在对问题的看法上迎合别人的心理、附和别人的言论，但在他们内心深处却并不抱有和谐友善的态度。

在日常生活中，人们对某一问题持有不同的看法，这是很正常的事。朋友之间应该通过交换意见、沟通思想而求得共识，即使暂时统一不了思想也不会伤了和气，可以经过时间的检验来证明谁的意见正确。因此，真正的能人志士并不寻求时时处处保持一致；相反，容忍对方有其独特的见解，并不去隐瞒自己的不同观点，才算得上赤诚相见、肝胆相照。但是，那些蝇营狗苟的小人却不是这样，他们或是隐藏自己的思想，或是根本就没有自己的思想，见利忘义、见风使舵，甚至党同伐异——凡是"自己人"的意见，即使是错了也要加以捍卫；凡是"敌人"的观点，即使是对的也要反对。这种以帮派集团来表达自己的观点、立场，是一种不负责任的表现，理应遭到人们的强烈谴责。

真正的君子并不十分注重人际往来中的利益纠葛，但在大是大非面前却勇于坚持立场；真正的君子并不十分计较人际往来中的是非恩怨，但却能在正视不同意见的基础上求同存异。因此，这样的人或许还会有这样或那样的缺点，但他们至少能保持思想的自由和人格的独立。而小人却完全不同，他们往往趋炎附势、仗势欺人，见人说人话，见鬼说鬼话，为了一点儿私利，不惜出卖自己的灵魂。这样的人活在这世上，对我们的社会又有什么用呢？

当今社会，人们应该以坚守道德底线为操守，不以物喜，不以己悲，胸怀坦荡，待人诚恳，坚持原则，远离作祟小人，领悟识人误人全在道上，并运用自己学会的思辨能力分析问题，绝不与小人同流合污，始终保持清醒而健康的头脑，做一个对社会有用的人。

人生乐者相知心

····

在我们的社会活动中，总要频繁地与人交往，人海茫茫，有许多人与你擦肩而过，有的人转瞬便成了匆匆过客，而有的人却成了你生命中的挚友。原来生命中最温暖的同行，不是在路上，而是在心中。人生最美的相逢，是相知，是懂得，是守望的那颗真诚的心。毋庸讳言，人到世上走一遭，总会遇到一些喜欢的人和不喜欢的人。有些人，和他相处得很累，那就不要继续相处了，和谁在一起舒服，就和谁在一起相处，与其取悦别人，还不如寻找自己的快乐。

作家苏苓说过："跟谁在一起舒服，就和谁在一起，包括朋友也是，累了就躲远一点儿，能入我心者，我待以君王，不入我心者，不屑敷衍。"人与人之间能成为朋友，靠的是相同的志趣，也就是看待事物的立场与观点接近。反之，与三观不合的人难以交流，更谈不上碰出思想火花，出于礼貌寒暄片刻尚可，相处时间稍长便如鸡同鸭讲，彼此都觉得索然无味，甚至有可能互相指责和伤害。和对的人在一起，会让自己感觉快乐、舒服、自在，即便双方一句话也不说，也不会使彼此感到生分和不悦，因为心若相知，无言也默契。不像有些人见面交谈时，不仅对不上号，而且连话题也不在一个频道上。真正志趣相投的人，总是互相学习，取长补短，共同提高。

我们在人生旅途中，往往会遇到这种朋友：起初相谈甚欢，相见恨晚，然后关系慢慢变淡，最后能与你一直联系的已寥寥无几，说到底这些人与你无缘。现实中如遇志不同道不合的朋友，我们可以选择悄悄离开，毕竟没有谁的生活缺了一个人就不能继续了。也许在人生路上，有时走的路不是大路，而是小路，这条路既有美景，也有陷阱，此时是要给心境一点儿光，即使再灰暗的路也会充满光亮，光的力量可以给予人们心灵的安宁。

真正的朋友应彼此关心，相互信任，相互认可，在你取得成就的时候为你开心，在你遇到困境的时候给你支持和鼓励，在你需要帮助的时候不会弃你而去。也就是说，在这世上总有一些人与你的灵魂相近。

有些所谓的朋友，他们以金钱和地位来衡量人际关系，当你有钱有势时，与你称兄道弟；当你身处逆境时，不但不帮你，还要落井下石，甚至从你身上捞取更多好处，最后大言不惭地说上一些"人不为己，天诛地灭"的话。如果你醒悟了，看不惯这种人的嘴脸，不必与他争出高低，不用为了不值得的人浪费你的口舌，不要影响自己的心情，藏起锋芒，远离这些是非小人，那么你就是一个聪明的赢家。而和懂你的朋友在一起，你不用小心翼翼，保持自在安然即可。

　　岁月总是记录着一些相遇。鉴于各人的经历不同，看待世界的方式不同，所以很难以一个正常的标准去衡量所有的人，但甭管怎么说，选择正人君子交友是我们最好的取向。与人交友应志趣相投，灵魂相通，只有这样，友情之花才能常开不败，人生之路才能愈走愈宽广。只要你能用慧眼识人，一眼便是永远。

努力做更好的自己

·
·
·
·

　　在我们漫长的人生路上，每个人对自己的未来、前途都有预设和期许，由于价值取向不同，选择了不同的路，其结果也就各不相同。努力奋斗是一种积极向上的态度，努力的人不一定处处有奇迹，但不努力的人一定平庸无奇。所以，有理想的人都会培养自己奋进的好习惯，想要有所建树，就必须要有实际行动和完善可行的计划，同时需要有恒心毅力的支撑。可以说，努力上进习惯一旦养成，就能成为一种潜移默化的力量，它对人的精神状况、思想作风、思维和行为能力都会产生深远的影响。

　　哈佛大学教授威廉·詹姆斯说过一句流传甚广的话："播下行动，收获一种习惯；播下一种习惯，收获一种性格；播下一种性格，收获一种命运。"命运给了每个人同等的机会，追求怎样的人生目标，选择怎样的未来，在于自己的心性。通透的人往往不是向外延伸广度，而是向内探寻深度。世事百态，有些人抱怨自己没有追求目标，是因为生不逢时，世道不公，自己没有出生在一个好家庭里……其实这都是遁词，是为自己的懒惰不作为找理由，平时工作不努力，学习又不上心，终日浑浑噩噩，随波逐流，于是蹉跎了岁月，最后一事无成；而有些人却在追求卓越，奋发有为，坚持不懈，不断进取，事业蒸蒸日上，因而获得了成就。当然，每个人都有一个觉醒期，但觉醒的早晚决定了一个人的命运。

在旅途中，总有那么一段时间需要你自己走、自己扛。其实，最强大的人是那些在内心扛住千斤担，表面却很淡然的人。生活中有些事情你可以委屈，可以痛哭，但不要泄气，不要轻易放弃自己的追求目标。许多事，看明了便会峰回路转；许多纠结的梦，看淡了便会云开日出，学会思索，学会进取，微笑领悟，默默坚强。如果你能坚持做到这些，你就可以把握住自己的命运，在人生的道路上勇往直前。只要你足够顽强，就可以让自己变得更加自信，更加充满活力，成功也就更有希望；只要你内心足够强大，全世界都会为你让出一条成功的路！

在前进的路上，有些人往往会被自己的思想所蒙蔽，在风平浪静的时候生出许多心得和感悟，并为之欣喜、感动，然而那都是一种幻觉，经不起风吹雨打的考验。其实，人需要树立一种正确的理想和信念，有了追求的信念，就有了奋斗的目标，就有了前进的动力；有了动力，就不怕艰难险阻；有了不怕吃苦的决心，也就有了良好的前途。在你追我赶的路上，只有不断超越自己，破除认知边界，才能激发你的无限可能；只要方向正确，就会越努力越幸运。

　　总而言之，生命的价值在人生之路中体现得淋漓尽致，它的意义不在于我们能活多少天，而是在于怎样选择人生之路，这一辈子应该做个怎样的人？有道是，自信是开启成功之门的一把钥匙。自信决定目标的高低，而目标决定我们在事业上能取得多大的成就。其实，命运都掌握在自己的手中，决定自己命运的是思想，我们要以积极乐观的态度面对生活，注重习惯，严于律己，拥有信仰及做人的准则，凡事不能存在侥幸心理。

　　生活是自己的，别人怎么看都不重要，重要的是如何保持良好的精神状态，学会在阴霾中找寻方向，在暗夜中探求光明，咀嚼平淡如水的生活，领略四季变换的风景，让自己的年华更有意义。

放慢脚步欣赏人生的风景

●●●●●

　　人生就是一个有去无回的单行程，每个人都是这个世界的匆匆过客，生活中总会有酸甜苦辣，我们无法左右命运，然而客观总结自己的过去，对以后的生命旅程有着重要意义。

　　战国时期思想家、哲学家，道家学派代表人物庄子曾说："独与天地精神往来，而不敖倪于万物。"这句话可理解为，同于大道、在精神上与神明自由往来，而不蔑视万物；不涉足人间的是非，而与世俗之人和平相处。也就是在精神世界里徜徉，与天地同存，与日月同辉，吸收天地之精华。这种境界无人能赶上，只能在后面仰慕。独是存在的状态，但庄子没有独善其身，而是以这种境界默默地教导着我们。

　　你也许会觉得自己过得不好，但也有很多人羡慕着你的生活，或许你不是最优秀的，但你也一定有某些人无法达到的高度。也就是说，人生在世不如意，有许多烦恼都是自找的。例如，随着时代变迁，人们的生活节奏也在加快，竞争也日益激烈，于是使得现代人的焦虑与日俱增，人们每天都会花费大量的精力去应付这个世界，长此以往，身体不堪重负，最后亏了自己，后悔已晚。反过来想想，你的"我"是个体意识，这个自我意识越强，或者说欲望越强烈，对自身性命的戕害就越严重，也就是离天地精神越远。长此下去，自然也就神不守舍、魂飞魄散了。人们每天忙忙碌碌，争抢金钱和地位，沉溺于琐事和俗务，使这些事物充斥着人生，自己很难得到心灵的宁静和精神的愉悦，这样的人生真的快乐吗？所以，我们要学会给自己卸下包袱，消除不必要的负担，正常工作无可厚非，但不可操劳过度，否则会给身体带来无法弥补的伤害。适时地放下，才能获得健康和快乐。

人生就像一段旅途，没有好的心态，就只能背着烦恼上路，放下烦恼，重拾心态，沿途的风光也会变得多姿多彩。不要过于追逐名利和完满，要给生命留点儿白，当追求的事物完美到极致时，必然会适得其反。所以，无论生活多么艰难，不是自己的也不应过分强求，步子可以放慢一些，但不要错过人生旅途中的璀璨星河。

我们不能增加生命的长度，却能拓宽生命的广度。量大智自裕，心宽寿自延。释然可以使人放松，过分执着会带来烦恼。保持一颗纯真的心，与人和平相处，不仅能让身边的人感到春风拂面，也能为自己带来幸福。

机会永远是留给最渴望的那个人

● ● ● ● ●

在人类的知识海洋中，往往存在真真假假的东西，有真知灼见，也有混淆是非的。因此，如何提高我们的鉴别能力，也是人们一直以来探索、研究的话题。

人活天地间，谁都在寻找自己最理想的生活状态，都想活成自己最想要的模样。如果想要提升自己的价值，我们只有通过大量的阅读和刻苦学习，把有用的知识装进大脑，才能提高自己的认知，实现自己的理想。

诺贝尔文学奖获得者莫言曾说过："当你的才华还撑不起你的野心的时候，你就应该静下心来学习；当你的能力还驾驭不了目标时，就应该沉下心来历练。梦想，不是浮躁，而是沉淀和积累。只有拼出来的美丽，没有等出来的辉煌。机会永远是留给最渴望的那个人！"学会与内心深处的自己对话，静心学习，耐心沉淀。在求知中，我们每个人都不应该把自己心中的那个梦想埋没，而应该为了梦想奋力拼搏。为了撑起自己的野心，只有认真努力学习，才能厚积薄发。

读书学习是提升自己能力的最简单方法，阅读亦是一种从外部世界回归精神生活的最佳选择，它不仅开阔了我们眼界，更能丰富我们的内心。读书的目的是促进思考。"知识就是力量"，知识从何而来？是从实践和书本中得来，坏的书会把好人引向歧途，甚至毁了一生的前程；好的书籍，能把丰富的知识传授给你，把一代代前人的智慧精华传递给你，这样的好事我们为何不接受呢？

人生就如一本厚重的书：有些书是没有主角的，因为我们忽视了自我；有些书是没有线索的，因为我们迷失了自我；有些书是没有内容的，因为我们埋没了自我。所以我们要认真读书，读好书，汲取书中的精华，让自己强大起来。

"长风破浪会有时，直挂云帆济沧海。"读书学习也是很辛苦的，但是必须要有恒心毅力，要有"黄沙百战穿金甲，不破楼兰终不还"的意志决心。想要获得成功，就要勤奋好学，若不清心寡欲无以致远，就不能使自己志向明确坚定；若不安于清静，就不能长期坚持刻苦学习，实现自己的理想。因此，学习至关重要，需要我们倾注心血，聚精会神、心无旁骛地下功夫，只有这样，成功才会如约而至。

其实，人与人之间的差距就是在业余时间拉开的。人只有通过学习，才能发现自己的不足，发掘自己的潜能，最终坦然立足于天地之间。如果说事业是人生的根本，那么不断地学习，就是永葆生命力的秘诀。

人能常清静，天地悉皆归

●●●●

人生不会有一成不变的规律，更不会有永恒的美好，我们常说，谋事在人，成事在天，当我们静下心来，学会用智办事，并且不抱有任何不切实际幻想时，会发现生活处处有惊喜。

道教经典《清静经》里讲："人能常清静，天地悉皆归。"意思是说，只要你能够处于清静之中，你的生命就会与天地万物融成一体，这就叫"天地悉皆归"。这时，所有的快乐全部回到这儿，这就叫极乐世界。事实上，生命的本质就是极乐，灵魂的本质就是纯粹的喜悦，无边的喜悦，没有限制、没有拘束的喜悦。人之所以不快乐，是因为人只知为肉体忙碌，而迷失了最重要的灵魂。所以说人若能有短暂之心灵清净，就是人生一大乐事。

浮躁是浑浊的来源，灵动是清净的根基，

心有多静，福就有多深。静下来，你就能守住自己的心，生出你的智慧，使你的生活变得更加美好。所谓难而不怨，就能攻克难关；静而不争，就能不争善胜；成而不骄，就能事无不成。守住心灵的宁静，是一种精神，一种境界，更是一种能够将心灵沉淀下来的智慧。可以说，一个内心安宁的人，往往可以明察、看穿表面的浮华，看透事物的本质，进而对事物能有正确的判断和决策，不会被世俗利欲所困扰。总而言之，唯有热爱自己的生活，方能抵岁月漫长。

真正的思想智慧常常不是有形的结果，而是无形的过程；不是现成的结论，而是一个问题意识和探索能力；不是文字表层的那部分，而是蕴藏在字里行间的灵动的思绪。你给生活意境，生活才能给你风景，只要守住内心的宁静，便有了诗和远方。

人行于世，遇事应沉着冷静，不仗势欺人，也不受利欲驱使，处事公道，气定神闲地处理问题；遇有烦心事时切莫急躁，苦恼怨天无济于事，烦躁惊慌更是于事无补，唯有稳住阵脚，静下心来，凝神思考，方能寻觅解决之道，只有内心平静稳定了，问题才可迎刃而解。生活中，如果能够经常保持清心清净，那么连天地都要归纳在你的本性里了。

生活总归还是要归于平淡。只有拥有好心态，才能拥有快乐的生活，才能摆脱压力，远离烦恼。只有修炼出宠辱不惊、顺其自然的豁达心境，才能在人生无常中得到真正的幸福。

成功的秘诀握在自己的手上

• • • •

　　我们的人生旅途，贵在有自己的追求，有了追求，就有了前进的动力，倘若浑浑噩噩地过日子，不但蹉跎了岁月，而且会使自己一事无成。其实成功的秘诀在于持之以恒，锲而不舍；失败的教训在于有始无终，抓而不紧。所以，在前进的路上，不仅要选好方向，还要放平心态，修身养性，提升自己的认知水平，踏踏实实地走好脚下的路。

　　美国著名企业家亨利·福特曾说过："如果成功真有秘诀，那就是从别人的角度同时也从自己的角度看问题。"这句话看起来很平常，平常到只要认识字的人都能够理解，可是这就是别人成功的秘诀。运用好这条秘诀就能使你变得更加优秀，更加成功。

　　真正有志向的人，不会因为外部的压力、

岁月的流逝而改变自己，而是会坚定自己的选择，并全力以赴。除了要有奋斗的目标、理想和决心之外，你还要具备换位思考的能力，懂得从多角度看问题，关注他人的想法，抓主要矛盾。这样，许多困难也就会迎刃而解了。

人海茫茫，我们每个人都是独立的个体，经历社会大染缸的洗礼之后，你为人处世的秘诀是什么呢？它又是否给你带来成功了呢？所谓岁月静好，那是因为有人为你负重前行，自己不努力，就不会出成果，没有成效，何来岁月静好？奢望贵人提携，也要看你能否扶得上墙。贵人是凭自己的实力闯出来的，只有充分展示自己的才华，显示自己的潜力，才会得到贵人的注意、赏识，进而得到他们的提携、帮助，使你能够脱颖而出。凡事靠幻想是没有出路的，所以，人生行路，唯有脚踏实地、心无旁骛，从容应对，才能实现自己的梦想。

成功之路没有捷径可走，心存侥幸，投机取巧，即便获得一时的成功，也终会付出代价。因为所有侥幸如同一场豪赌，而这场赌局常常会以失败告终。

成功不仅需要坚持不懈地努力奋斗，更需要相信自己的潜能和韧性，充分发挥自己的主观能动性。前进路上，我们不求尽善尽美，但求竭尽全力，不断进步与提高，提升自己的精神境界。

我们必须谦虚好学，踔厉前行，停止抱怨，多肯定自己，让自己变得积极向上，最后你想要的一切自然会如期而至。

谦卑是一种智慧和灵透

一个人的举止往往能折射出其教养与素质，无论他的外表经过了怎样的包装，但其发自内心的想法依然会暴露于言行中。

哲学家、文学家别林斯基说过："一切真正的和伟大的东西，都是纯朴而谦逊的。"别林斯基的话是要告诫我们，任何一个人，即使他在某一方面的造诣很深，他还有很多要去学习的东西，我们每个人都要养成虚怀若谷的胸怀，都要有一种谦虚谨慎、戒骄戒躁的精神。一个真诚且谦逊之人，无论走到哪里都受人欢迎，和谁相伴都能长久。

谦虚、礼让是一种美德，是待人接物的文明举止，也是一个人立足于社会的根基。谦逊还体现在一个人的思维逻辑、幽默风趣程度以及为人处世的方式上。好的形象是人与人初见时的敲门砖，一个人的外在形象与内在气质，决定他未来的人生走向，心有多宽，路就有多宽。

自古以来，祸从口出的例子数不胜数，轻则得罪人，重则丢掉性命。守住自己的嘴，不是不说话，而是会说话。守住嘴的要义就是在不高兴时不说话，心不平时不说话，有牢骚时不说话，防止出口伤人，遭遇不测。社会中有一些人之所以能够一路顺风顺水，不仅在于他们聪明、勤劳，也在于他们懂得什么叫恰如其分，什么叫见好就收，他们大多善于把握分寸，没有极端的思想和行为。骄傲自大容易被人毁掉前程，与人交谈不要把话讲得太满、太绝对，要给自己和他人留些余地，以避免彼此尴尬。其实说话也是一门艺术，谦逊地表达，更能赢得人们的好感、信任和尊重。

真正有格局的人，不仅有过人的实力，还谦虚识礼，为人温良恭俭让，有能力不炫耀，居高位不狂妄，活得通透从容。而那些不知天高地厚的人，稍有成绩便处处显摆、口出狂言，终究经不起考验。其实谦卑是一种智慧和通透，是一种心平气和的风度，所谓"敬人者，人恒敬之"。遇有不可理喻之人，抱怨无济于事，出恶语无法解决问题，甚至会适得其反，而用谦和温雅的语言相待，我们相信没有什么不能圆满解决的问题。

世上凡是有真才实学者，真正的伟人俊杰，无一不是虚怀若谷、谦虚谨慎的。如果你也能做到对人情世故通达，一言一行一举一动都能让人舒服，处处透着教养，那么你就能化戾气为祥和，前进的道路必然越走越宽广。只有懂得谦卑、自信的人，方能放眼世界，真正主宰自己的命运之舟。

◆
——

第二辑

修得淡然心性　练就悠然灵魂

点一盏心灯，照亮前进的路 ••••

　　世人皆应有敬畏之心，遵从做人原则，绝不突破道德底线，行事有约束，有所为，有所不为；心中有信仰，养成一股浩然之气。守在规矩中，居在方圆内，一切美好都会如约绽放。

　　其实，人生是一场美丽的旅行，为自己点一盏心灯，照亮前进的路，踏着生活的节奏，在岁月的轨迹里缓缓地朝前而行，途中只要心怀美好愿景，眼里有光，面前的风景才会越来越美。

　　晚清时期政治家、战略家曾国藩说过："知足则乐，务贪必忧。"这是在告诫人们要适当把握自己的欲求，不过分膨胀野心，学会满足，才能享受快乐，减少忧虑。不知足的人总是羡慕别人的幸福，而使自己陷于忧虑中。唯有懂得知足，不妄想，心淡然，方会心宽天地宽，家安福自来！

　　我们所说的知足，不是拒绝努力奋斗，而

是勤勤恳恳做人，踏踏实实做事。也许人生没有那么多完美的设定，而不完美的人生才会从裂隙中透出一丝绚丽的阳光。这个世界是否美好，不取决于世界，而是取决于我们的心智。社会很复杂，人心亦然，所以我们不应贪恋钱财，也不应羡慕那些有钱人醉生梦死的生活，我们只敬仰于那些经风雨磨砺，蹚过世俗浑水却不染一身世故的人。相信每个人的善行与坚守，都能活出非凡的意义，成长为大千世界的一枝独秀。

人人都希望拥有美好生活，爱财本无可厚非，但必须取之有道。事实上，官位再高，名声传得再远，也只是外在的显贵，真正的尊贵是在人们心里。人在路上行走，慎重可以规避祸患，因而顺遂如意，面对荣誉和欲望，我们能够保持清醒、时刻自省，才是一个人真正的大智慧。

凡事把握尺度，是一个人最好的道德修养。道德是用来律己的，不是律人的，法律才是律人的。道德用来律己，好过一切法律；道德用来律人，坏过一切私刑。所以，管好自己才是最好的修行。倘若一个人在道德水准上达到了一定的高度，自然能够看轻财物、淡泊名利、宠辱不惊，无论生活环境怎样，都能找到自己的快乐，不会产生忧虑和困苦的情绪。只有守住心灵的底线，才能保持内心的至真至纯。

只要乐观积极，生活处处有快乐，只要心诚所至，步步皆有莲花盛开。幸福是一种内心的感悟，只有快乐才能抵达幸福的彼岸；幸福要靠自己去创造、去争取，亦要拥有一颗能感受幸福的心，既要追求诗和远方，也要安于人间烟火，温柔以待世间所有。

博采众长，自成一体

世界上没有永远不变的事物，做事情没有固定不变的准则。事物是变化的，人的认识也要随着事物的变化而变化。所以，人行于世，也要懂得因时因地因势而动，懂得放下固执，不故步自封，择善言而听之，方能飞得更高，行得更远。

古代圣贤曾说过："目贵明，耳贵聪，心贵智。"意思是：眼睛贵在于辨别事物，耳朵贵在听觉灵敏，心思贵在善于思索。用纵观天下的眼睛看，天下之物没有看不见的；用广听天下的耳朵听，天下之物就没有听不见的；用思虑天下之心去思考事物，就没有我们不知道的。只有我们对事物了如指掌，才能使得预见得以实现。

兼听则明，偏信则暗。人不可能生而知之，我们所经历、感受的一切，都不过是我们内心在外部世界的投影和映照。所谓八面玲珑、冰雪聪明，也是通过后天的不断学习和实践才具备的。何况还有"智者千虑，必有一失"之说，由于认知的差异以及客观条件的限制，出错在所难免。犯错并不可怕，可怕的是听不进别人的意见，刚愎自用，太过自我，往往会在一意孤行中毁了自己，还会使集体遭受不必要的损失。其实，真正有智慧的人不会人云亦云，他们有自己的主见，从不随波逐流。"无所听，无不听"，不会什么都听，也不会什么都不听，不苟同别人，也会听取不同意见。

在大千世界中存在真真假假的东西，有真知灼见，也有混淆是非的。虽然有些人读书很多，能言善辩，但是为了获取利益，他们往往会把你引向歧途，因此，我们不要听信谗言，要明白偏听偏信是不可取的。为了提高自己的认知能力，我们要先从内向外审视自己，打败挫折的方法就是不断自省，了解自己的不足，然后去完善改正。

认识事物就要从事物的总体出发，通过分析内部的结构，全面、准确地把握其本质与规律，以此实施解决问题的措施，高效地实现目标。不可否认，真正的才华与智慧有关，是一种超然的见识，是一种知识的积淀。有才华的人往往站在高处，集众人之所见，归纳总结之后，找到问题的实质和症结并予以解决。具备这种思维能力的人，就会获得深刻的洞察力，就可以知往察来，更好地把握事物发展的方向。

广开言路，听取大众的意见，是开启智慧的一把钥匙，是通往成功的阶梯。只有高瞻远瞩，用一颗宽广的心去慢慢顿悟，才能发挥集体的核心能量，才能把我们的社会治理好，把我们的国家建设得更强大。

心中有风景，眼里无是非

　　人生是一场艰难的修行。在时间的长河里，有些风景只适合欣赏，不能收藏。其实，生命最好的模样，就是懂得欣赏自己，因为存在不顺心的日子，那些好日子才会闪闪发光。人生最美的姿态，大概就是心中有风景，眼里无是非；最好的心态，是眼中有天地，心宽犹如海，能知足的人心中温暖如朝阳。

　　老子在《道德经》里讲："知足者富，强行者有志；不失其所者久。"意思是说，能知道满足的人才是富有的人，坚持不懈的就是有志的人，不失本分的人就能长久不衰。

　　真正的知足常乐，是不贪婪、内心丰盛自在。自我强大了，就有追求理想和目标的信心，并付诸行动，只有这样，才可以取得事业的进步和成功。因此，我们要学会把自己的情绪调整好，把不顺心的事放一放，心怀希望，沉稳度日，努力学习。人总有一天会走到生命的终点，金钱散尽，一切都如过眼云烟，只有精神长存世间。所以人生中要时时关注心灵的成长，让思想和精神永恒。

我们生活在这个世界上，处处都充满了竞争，我们所做的努力不是为了战胜别人，而是要不断地超越自己、完善自己，这样才能立足社会，找准属于自己的坐标，发挥自己的专长，实现人生的价值。其实，在我们的生活中，每个人都有自己不平凡的过去，将来也不可能一帆风顺，总会遇到坎坷和波折，过往的一些人和事，的确会引得我们心酸，但是委屈之后，依然要保持乐观向上的心态。在打拼的过程中，遇到困难不能一味逃避，因为你选择走羊肠小道，就要直面荆棘；选择康庄大道，就要追赶车水马龙……无论选择哪条道路，都要学会面对，这就是我们要领悟的基本思想。

有些人之所以不明事理，正是因为不能正确看待自己，眼睛只顾向外看，仅仅乐于打听别人的短处，不去了解自己的不足；将心思都用在对付别人身上，窥视别人的隐私，乐此不疲地追名逐利，与人好斗争强；处世接物，用小人之心看待他人，妒贤嫉能，见不得别人比自己好，于是虚度了时光，蹉跎了美好岁月。这就是平时不注意修行，才养成了这样的恶习。而人的本性应是择善而行之，倘若以后我们有钱了，就把人做好；如果暂时没有钱，就把事情做好。做人问心无愧，睡得安稳踏实，做事脚踏实地，该释怀的就应该释怀，即使你暂时不富有，也没关系，以后通过自己的努力，生活自然会得到改善，相信风水会轮流转是人世间的常态。

时光清浅处，一步一安然。人生真正的富有来自内在的富足，自我素养的提高，自我精神的升华和内心的平和、安宁。我们不能改变别人，却可以改变自己，胸怀坦荡、乐观、豁达、知足，只要步履不停，我们就能行稳致远。

用乘法感恩，用除法解忧

····

人的一生，所谓修行其实都是修心，即先改变自己处理事情的态度，才能改变你对人生认知的高度。我们来到这个世界，演绎着不是我们想要选择的剧本，过着不是我们选择的人生，但是我们可以选择做一个不伤害别人的人。我们为人处世要不愧对天地，不愧对自己的良知，做一个光明磊落、问心无愧的人。保持豁达的内心，微笑乐观面对生活，让心干净纯粹。只有善待他人，路才能越走越宽，生活才会越过越有滋味。

战国末期的思想家、哲学家和散文家韩非子说过："目失镜，则无以正须眉；身失道，则无以知迷惑。"此话可解释为，古人因为无法用眼睛看自己的仪容是否整洁，所以要用镜子来照看；因为光凭借自己的智慧不能知道自己的作为是否得当，所以要用道理和知识来修正自己的行为。道理和知识只是作为一种标准来规范人们的行为，人不依靠道理和知识就不能知道自己行为的过失。人若没有原则，就无法辨清是非，无论何种情况，都必须恪守规矩和底线。只有这样，一个人才能正身、正心。

对于不同处境的人，要尽量做到换位思考，尝试站在对方的角度去看待问题，这样才能真正了解对方。合作完成任务时不要随意批判他人，因为每个人都有自己的主张和个性，不要试图改变别人，但可以用自己高尚的人格去影响或感化他人。成功时别自满，失败时也别自弃，自己的人生自己好好地过，自己的道路自己认真地走，不求显赫人前，但求无愧于心。人的魅力不是惊才绝艳，而是将心比心，处处使人舒服，是根植于骨子里的温暖和善良。倘若真能拥有这些品质，便会有更多知心朋友，人生的路也会越走越顺。

真正的智者，懂得谦虚低调，并勇于解剖自己、挑战自己，敢于直面人生：别人犯错不会苛责他人，而是反省自己；路走错了，懂得回头；人看错了，懂得放手；知道抛开不重要的人，知道如何更好地成就自己；不怨天尤人，也不仇视别人，而是坚持原则，去找自己存在的问题……这样的人往往会获得大多数人的认可。面对错综复杂的社会，我们要学会控制自己，不让自己的情绪随意失控泛滥，这样才是真正成熟的做法。

社会生活告诉我们，一个谦逊的人比张扬之人更能获得人们的青睐。语出委婉，心地善良，与人相处时，会用加法去爱人，用减法抱怨，用乘法感恩，用除法解忧。诚然，由于每个人的际遇不同，人与事的经历不同，故而在认知上有差异，但是切莫把自己的观念强行灌输给他人，谦于独到见地，委婉听取，不摆架子，不强势，也不固执，谦和平易。只有这样，才是最美好、最舒服的处世状态。这样的人，才会得到人们的尊敬和爱戴。

在生活中我们要学会感恩，感恩也是自我情绪的释放：感恩过往的每个春夏秋冬，感恩过去的每一次悲喜起伏，感恩曾经帮助过你的人……君子常怀感恩之德，用正身、正心与人交往，宛若沐浴和煦春风。

大智若愚

●
●
●
●

　　生活中，人们不缺幸福，缺的是感受幸福的心态。其实生命中的最大贵人，就是我们自己，有些时候不灵通的比灵通的要好，不精明的比精明的要好，这就是人们常说的"难得糊涂"。

　　有句名言说得好："聪明难，糊涂尤难，由聪明转入糊涂更难。放一着，退一步，当下安心，非图后来福报也。"

　　意思是说，世人争相做聪明人，导致"聪明人"太多。这个聪明，常被人说是"上道""机灵"。然而，世上总有那么一些人，不愿争先恐后地去上道，更不愿显得太聪明。他们不是不聪明，而是"难得糊涂"。所谓"糊涂"不是不讲原则，而是大事讲原则，小事讲风格，不耍小聪明，不占人便宜，得礼让人，达到了无欲则刚的境界。

在我们现实生活中，幸福和忧愁会同时敲响人的心门。聪明本就不易，除了自身的努力学习之外，更需要有几分天赋，这样的人，在一些特殊情况下，如果还能故意收敛其锋芒，看上去有些糊涂，就更令人敬佩了。所以，聪明的人懂得糊涂，他们的心就不会累，只有懂得放空自己，才能拥有更多愉悦。因为快乐和幸福就藏在人的糊涂中，人一旦清醒了，可能所有的快乐和幸福也就随之烟消云散了。

快乐源于自身对命运的关注和认知。所谓难得糊涂，可以把它理解为一种不纠结、不在意的状态，停止没有意义的胡思乱想，让思维的火花燃烧在有意义的事情上。无意义的胡思乱想，只会带来无尽的烦恼和焦虑，而处在一种随遇而安的状态下，人们会更加自在和轻松。

难得糊涂不是真糊涂，是懂得放下困惑后的清楚，是大智若愚的表现。朦胧美也是一种意识的境界，因为当事物被看得太清楚的时候，它的缺点就会被暴露无遗。同样，在面对一件事情，或者是面对一个人的时候，过度聪明就会被思想束缚。因为当你看得太清楚的时候，反而会太过敏感，陷入自我怀疑。

人这一生，大事偶尔有，小事频繁生。很多事情稀里糊涂，说不清楚，也没有固定答案，越是想弄清楚，就活得越痛苦越吃力。有时候，人情、利害这些东西捋不清、说不明。所以，要放下心来，保持一颗圣人般的心，就可以赢得多数人的尊敬，亦足以让人有征服世界的自信心，愿当下安心者乘风破浪、披荆斩棘，登上成功的顶峰。

千里之行，始于足下••••

如今社会对学历的要求越来越高，读了硕士还要读博士，否则招聘、晋级都会受到影响。学历固然能体现一个人的价值，但它能代表一切吗？我们读书究竟是为了什么？教育的目的又是什么？唯文凭论难道是人类价值的取向？

在我们现实生活中，人们对学历的要求不言而喻，在此我们并没有否定文凭的重要性，倘若我们把自己的全身心思、精力都花在了拿文凭、走仕途的追求上，以求将来飞黄腾达，那就适得其反了。其实，学历的高低并不等同于能力的强弱，教育本身的目的是助人成才，文凭只是代表你对知识点的理解和掌握。只有学以致用，才是我们育人的真正目的。比如说有一些大师，他们在学问上广采博纳，成就非凡，但是他们有一个共同点就是学历不高：文学巨匠巴金是中学毕业；钱穆被称为"中国当代最后的大儒"，然而这个大师连中学都没有毕业，却能得到钱基博的赏识，并将他推荐到最负盛名的北京大学、清华大学、北京师范大学执教，一时名动京师；画坛巨匠齐白石没有上过一天学，自然没有学历……可见，没有学历或学历不高，都不妨碍这些大师们成为一代宗师。

我国春秋战国时期的思想家、教育家墨子说过："名不徒生，而誉不自长，功成名遂。"也就是说名声不是凭空产生的，赞誉也不会自己增长，只有成就了功业，名声才会到来；只要有实力，不求名来名自扬。所以，我们要慧眼识人，注重人才培养，尽其才而用之，尽其德而彰之。诚然，探寻古今中外许多成功人士的事迹，我们不难发现一个规律——在其人生中，都多多少少得到过一些贵人的帮助。他们或被意外发现而一飞冲天，或被人赏识而得到提拔重用，他们的价值得到充分开发并走向辉煌。当然，关键是你一定是那块料，是一支真正的"潜力股"，值得人家提携费心，否则光有文凭，扶不起来的还是扶不起来，该一事无成的还是一事无成。

罗马城非一日建成的，人也不是一天就能强大的，想要获得丰富的知识和强大的能力，不妨从细微之处开始做起。除此之外，还应树立正确的世界观和价值观，唯有放下侥幸心理和不切实际的幻想，脚踏实地努力学习，才能不断精进，成为有用之才。

心有阳光，必有远方

●
●
●
●

儒家讲究持重、勤谨、正气、担当以及自省、中庸的为人处世之道，体现了中正做事的学问及看问题不走极端、不失偏颇、不苛求别人的态度。假如我们能换一个角度，站在他人的立场去思考问题，世界就会大不一样了。

"不要和任何糟糕的事情对抗，接纳便是修行。"意思就是说，在出现问题的时候，不要一味地去对抗，要学会接受生命中出现的种种境遇，不管遇见了什么事情都要坦然地面对和接受，这样的你，才会遇见一个更好的人生，抛开对抗的情绪，才能更好地减少内心的痛苦。

在我们传统的印象里，修心和做事是两个概念，其实做事才是修心的最佳方式。人们排除了思想的杂念，一点一滴地把事情做好的过程，就是修心的过程。真正有智慧有格局的人，往往情绪稳定,心态良好,不纠缠,不偏执,遇到风雨会勇敢地追逐,看到阳光,就会尽情地接纳,遇到困难总能以积极的态度去应对。从哲学的角度来讲,人们往往用事实来判断是非对错。人类对自然客体的认知,基本上属于事实判断,因为事实判断是明确的,需要依托科学的结论,价值判断是基于人的主观价值偏好,最终走向理性文明。

在健康的心境中,具有包容、理解、担当和阳光之心的人,往往追求美好,提升自己,将困难和风险打包背起默默付出,无畏无惧、勇往直前,他们自带和谐之美;具有感恩之心的人,心中揣着火种,他们燃烧着萤火之光,吸引更多与他们志同道合的人,变得具有影响力和号召力。因此,这些人都是我们这个时代的佼佼者和中流砥柱。

我们放眼未来,更有信心和底气完成历史赋予的责任和使命,以践行我为人人、人人为我的宗旨。

语言是思想盛开的花朵

　　大道至简，道不远人，要想出类拔萃，就必须注重自己的形象。所谓情商高，就是要学会好好说话。因为语言是对外交流的窗口，是传递情感和信息的重要途径，它就像一块磁铁，你所说的话，最后都会被吸引回来，产生交流互动——也就是说，你以怎样的态度对别人说话，别人也会用同样的态度回敬你。所以练好自己的口才，言语温和，才是一个人最大的智慧。

　　英国文艺复兴时期剧作家、诗人威廉·莎士比亚曾说过这样一句话："品行是一个人的内在，名誉是一个人的外貌。"谈吐举止是与人交流的一门艺术。说话言过其实、失之偏颇的人，常常会让人质疑其素质。说话不留余地，是过于情绪化的体现。话说得太满、太大，实际上却做不到，则会影响自己的信誉和形象。真正的强大是心灵的强大，是语言表达能力的强大，有做事先做人的自律，有说话不伤人的教养，有换位思考的修养，他们一个温暖阳光的微笑、一个温柔似水的眼神，就能化解所有的狂风暴雨。

聪明守道之人，往往内心充实。他们的目光平和，笑容真诚，语调柔和，有洞察力，懂得设身处地地为他人着想，体会他人的情绪和立场，说话做事会顾及他人的感受。

做人要有原则，这也是立足于社会的根基。一个人办事靠谱、踏实，才能取得他人的信赖，别人才愿意同他交心。反之，一个喜欢处处算计别人、眼里只有自己的利益、待人虚伪做作的人，是不会招人待见的。而心里装着别人的人，懂得遇事不随意指责他人，明白"人非圣贤，孰能无过"的道理，知道人都难免会犯错，比指责更有力的是宽容。让人下不来台，并不是明智之举，随意指责会给别人带来更大的难堪和伤害。能说会道是一种能力，懂得适时地闭嘴却是一份不可多得的聪慧。大气谦和之人，说话做事都会令人感到舒服。

总而言之，一个人最好的风水，是有一张不伤人的嘴。很多时候，伤害我们的并不是苦难本身，而是自己的情绪。所以调控好自己的情绪极为重要，别让极端的情绪毁了自己的前程。除此之外，在我们的人生中，往往会遭遇一些不友好的对待——有时这也并非坏事，因为一些反对意见能使我们看问题更全面，将事情完成得更圆满。人犯错误并不可怕，因为犯错的真正意义是让我们学会自省，让我们通过错误发现自身的不足，从而变成更优秀的人。

没有比人更高的山

········

真正的教育，是能让人看得清脚下的路，并有抵达远方的能力。志存高远，心有目标，有主见，会思考，能持之以恒者，才能赢得未来。点燃一盏心灯，与岁月同行，没有比人更高的山，没有比脚更长的路，不怕路长，就怕志短。人的精力和资源是有限的，因此在有限的能力和精力之下，必须规避短处，发挥长处，只有这样，才能将自身的价值最大化。

一位影星曾说："许多人都带着预设条件去做某件事，如果成功了，该多好啊！但这远远不够，你必须对它怀有强烈的情感，要有强烈的成功意愿，热爱这个过程，并不遗余力地去实现目标。"意思是说，人不但要有追求，还要有精神信念加持，人生有了站位，精神境界自然就高了起来，不再为困难烦恼，而是努力求索。在追求人生价值时，虽然还是做同样的事情，但其意义就完全不一样了，因为精神面貌发生了变化。有了追求未必成功，而没有追求的人则一定不会成功。梦想不是浮躁的代名词，而是沉淀和积累的体现，只有拼出来的美丽，没有等出来的辉煌，人生在世多磨难，踏平坎坷是春秋。

我们所说的大格局，就是有足够大的视角去审视人生，站得更高才能看得更远，有了大格局，才能做大事。我们深知做人之道实力才是后盾，成功要靠实力，靠自己的本事，想要做人生的赢家，就得千方百计把实力搞上去，不然，将会一事无成。我们唯有经营好自己，提升自己的实力，才能赢得理想的人生。

我们的人生总会有很多不如意，有些人来了又走，有些情求了又丢，事与愿违是人生，求之不得是生活。牢记靠山山要倒，靠人人要跑，靠自己才是最好的，与其每天担心未来，不如抓紧现在。漫漫长路，只有奋斗才能给你最大的安全感。

人在世上生活，会遭遇困惑、困难、挫折，皆需要力量的支持，其中最不可缺少的力量就是觉醒。顺境不会让一个人成长，只有痛苦才能让一个人变得伟大；逆境，往往是自己修行的"一叶扁舟"，乘坐这"一叶扁舟"，你才有可能上岸。很多时候，人与人之间的差距就体现在思维模式的差异上。

万般带不走，唯有业随身，信奉"玉不琢，不成器；人不学，不知义"的理念，坚持"胜不骄，败不馁"的态度，奋勇前进！

宠辱不惊，安之若素

> ．
> ．
> ．
> ．

　　走过了岁月的沟壑，尝尽了人间冷暖，确实有太多的人和事不如我们所愿，不必沮丧，也无须苦恼，无论生活对我们公平与否，仍应一如既往地坚持自我，努力保持本真。

　　明代学者薛瑄曾说过："唯宽可以容人，唯厚可以载物。"意思是说，待人以宽，对己须严。唯有宽厚的心才可以有包容万事和世人的格局和境界，大地任凭自然界繁衍生息去承载万物，天地之所以长生是因不为自己而生，水善利万物而不争，都表达了做人要有包容之心，方可以宠辱不惊，不卑不亢，立德、立身、立命，方能成为为社会做贡献的人。

　　真正有信仰的人，总是能够驾驭自己的欲望，他们有自己的目标和向往，能为理想拼尽全力；他们心底宽容、待人宽厚，能忍常人所不能忍，容常人所不能容。其实，宽容、善待他人，不仅能使他人快乐，也能为自己带来愉悦的情绪。只有人人都懂得宽容，社会才会变得更加和谐、美丽。

大气谦和之人，在待人接物方面总有自己独到的见识，对人坦诚，见贤思齐；为人大气，遇事洒脱，从不深陷其中，即使遭人非议也不会动摇，不畏坎坷，脚踏实地，带着豁达与乐观坚定地朝着目标前行。

君子当厚德载物，学会承受与包容，懂得感恩与进取。德行是我们在这世间行走的利器，如果一个人失去了德行，余生再如何拼搏，终究是竹篮打水一场空。

在这个世界上，有光明，也有黑暗；有正道，也有邪道。唯有不断清除内心的杂念，还心灵一片纯净的天空，才能活得潇洒。所谓"退一步海阔天空，忍一时风平浪静"，真正聪明的人往往懂得让步。谦虚是一个人最好的修养和美德，是一种做人的境界。有人欣赏或是忌妒都是很正常的事，不要奢望所有的路都会一帆风顺，掌舵好自己的心船，乘风破浪、扬帆远航。

人生在世，唯有持一颗干净的心，才是对生命最大的褒奖，心怀日月山河的气概，保持谦虚低调的态度，你就会被更多的人欣赏和尊重。

心中大爱是人生最美的风景

‌‌‌‌‌‌

生命的路途中，最暖的同行，不是在路上，而是在心坎上，因为人生最美的相逢，是相知，是懂得，是守望的那颗真心。

著名文学家元好问曾这样写道："问世间，情是何物，直教生死相许！"这情爱的咏叹，震撼了多少痴男怨女的心扉，唤起了多少深情厚爱？世间沧桑，不负相遇一场，世间清凉，勿忘你我模样，情便是每个人的心中都珍藏的那一处最美、最缠绵的风景。

爱情是人类永恒的主题。在交往中，人们都渴望有心灵的交流、灵魂的对话，当两颗纯洁的心相碰撞在一起时，彼此欣赏和包容，犹如赏不完的景。每句话、每个眼神都像跳动的音符，那用心弹奏的弦音，绚烂了彼此的天空。尘封的心门欣然开启，温暖了两颗寂寥的心，芬芳了彼此的心田，也装点了人生最美的诗行，默默期许，愿为你倾一世的柔情。

真正的爱是彼此付出，彼此珍惜，风雨同舟。而一个不懂得付出爱的人，不可能遇见灵魂的知己。爱之所以可以地久天长，是因为彼此心灵共鸣，灵魂相依，是因为有爱的精神在这个尘世上永恒存在。

面对繁华的都市、熙攘的身影，有些人内心却愈加孤寂，灵魂也愈加游离，喧嚣难掩浮躁的心绪，纷扰难守高贵的精神，浮华难觅圣洁的爱情。其实，最好的爱是心灵的相通，是眼与眼的交流，是心与心的碰撞，是灵魂的相守；最深的爱在于灵魂间彼此欢愉与缱绻。

爱情是需要经营的。现代人的爱情很脆弱，可以爱得刻骨铭心，也可以伤得撕心裂肺。然而，爱情毕竟不是生活的全部，况且两情相悦的爱情，岂能那么容易让人获得？如果走进婚姻的殿堂，就要有一颗包容的心，减少冲突，使婚姻相对稳定，彼此宽容、真心付出，同舟共济、患难与共，那才算得上是真正的夫妻。

人生兜兜转转，如果能够遇到懂你的知己，那心灵的相逢如同清风与白云相聚，似花朵与清露的纯净，留下的都是温暖和感动；应感谢彼此陪伴着走过一程程的山水，在似水流年里相互倾诉爱慕。

相爱是情感的累积和交融，相处是爱意的释放和延伸。将深情的月光融入文字里，整个世界都会变得温柔，只有真正倾情爱过，才会深深地感悟，有爱的灵魂多么有趣，有爱的人生内心是多么丰盈。愿我们在人生的旅途中，都能有幸邂逅一个灵魂契合的知音。

人不能两次踏进同一条河流

　　在漫长的文明进程中，人们越来越发现有些经验并不可靠，只有依靠实践，才可以得到结论。所以要警惕一些经验主义，并进行逻辑推演，从最简单的事物开始，从而逐步上升到对复杂事物的认知。

　　德意志帝国宰相俾斯麦曾说，笨蛋只会从自己的错误中吸取教训，聪明的人则从别人的经验中获益。我们并不反对经验，毕竟经验是从实践中得来，又运用到实践中去的结果，它往往对事物的发展起着积极的推动作用。而我们反对的是经验主义，因为经验主义害怕失败会重复上演，所以容易止步不前，遇有风吹草动就退缩，怕承担责任而逃避问题、搁置问题，结果就是永远解决不了问题，从而阻碍事物的发展。

　　唯物辩证法认为，事物是运动、变化和发展

的。古希腊哲学家赫拉克利特说:"人不能两次踏进同一条河流。"宇宙万物没有什么是绝对静止的,一切都在运动和变化中,也就是说,静止是相对的,运动是绝对的。

相传我国古代楚国有个人曾"刻舟求剑"。这个典故的主人公违反了事物是运动、变化和发展的原理,孤立、静止地看问题,违背了辩证法关于事物普遍联系和发展的观点,不明白世异则事异,事异则备变的道理,于是干出让人贻笑大方的蠢事。

万物皆变,这是基于一种逻辑判断,一个精密的逻辑发展到越来越清晰、越来越缜密的理念所在,因为太多的经验和阅历,反而影响人的发挥和创新。经验主义、惯性思维看到的多是困难和问题,没有看到事物是变化、发展的,于是就阻挠了我们尝试和创新的念头。这种思维模式会把人变得懒惰、保守和偏执,让人失去责任心,所以要学会换位思考,运用发散性逆向思维法去看问题。要努力打破思维定式,胆大心细、敢闯敢干,只有找对了方向,用对了劲,才能有更好的收获和成就。

总而言之,观念可以被认可,可以被批判,但不存在正和偏。只有对多元的观念保持足够的包容,才可以缔造一个伟大的文明,才能免于被单一的思想所蒙蔽,才会有更多的选择。

历经风雨，砥砺前行

● ● ● ● ●

所谓真理，就是人们对客观事物的正确反映。真理是我们行走于世时抵御邪恶的一把佩剑。真正的勇士，敢于直面人生，敢于用犀利的笔触揭露时弊，进而荡涤社会尘埃、净化风气，促进社会向好的方向变革。

著名文学家、思想家鲁迅先生说过："中国的文人，对于人生，——至少是对于社会现象，向来就多没有正视的勇气。"也就是说，如果我们不敢正视各方面存在的问题，那么这只是怯弱、懒惰的表现。

在一些人的眼里，无论你做什么都是错的，他们都要挑点儿毛病来显示自己的高明；他们总是摆出一副忧国忧民、好为人师的样子，混淆是非，指鹿为马，或者根据自己的喜好和利益来判断一件事情的对错。在他们的心里满是标准答案和阴谋论，有时干脆坚定地认为这就是敌对势力所为，公然为别人扣帽子，企图把国家和人民引向歧途。

他们见不得别人想当一回站直的人，也根本不懂即便是人在屋檐下，也能舒展着活的道理。这类人从不专注于提升自己的形象，而是每天观察别人的缺点，标榜自己正确，仿佛这样就可以将这套为人处世的"哲学"奉为圭臬。

试玉要烧三日满，辨材须待七年期。人民群众的眼睛是雪亮的，因而要多听听周围人的意见，力求兼听则明；要透过现象看到事物的本质，不要被假象蒙蔽了双眼。

聪明的人都知道，要发展必然会出现问题。出现问题也很正常，但是那些自诩独立思考的人，经常发表一些反智言论，他们就是为了把水搅浑，好把他们的错误价值观输入到那些无知的人的大脑中去。遇见这种人，我们只能当众棒喝，免得其贻害无穷。

增田济世稻万顷，裕智正道图安邦。正义必将战胜邪恶，光明必将驱赶黑暗，要抵御利欲熏心的诱惑和侵蚀，必须居安思危，明辨是非，防患于未然。人生只有经历风雨磨砺和灵魂考验，才能赢来绚烂的彩虹，实现自己真正的价值。

第三辑

鸟随鸾凤飞腾远　人伴贤良品自高

打开心窗，涌进阳光

人生如苦海，一切痛苦都是因为执念，世间之人迷惑，事事贪着以为是乐，却不知执念是苦，是所有痛苦的根源。其实，痛苦大多都来自自己的内心，因为想要的太多，往往因得不到而痛苦。大部分人都是依着"索取—付出"这一循环链条生长起来，而事实上，自己的情感及物质需求如何去表达，才是生命的意义所在。

以色列哲学家尤瓦尔·诺亚·赫拉利曾说过："各种痛苦最深层的来源，就在于自己的心智。"原意是说，生活本不苦，苦的是欲望过多，心本无累，累的是放不下的太多，越是抓得紧，失去得越多，越是追求多，越难以快乐。

其实，当你直面人生、正视内心的时候，你会发现，一切无法跨越的障碍都源于你自己。很多人在生活中生怕吃亏，总想着占别人便宜，结果往往因小失大，为了一棵树，反而失去一整片森林。一个人若总是守着自己那点儿利益不放，到头来，害的也只会是自己。所以人应该看淡得失，放平心态，学会内心平静淡然，那样心绪才会稳定，烦恼就会离你而去。

厚道是一种品格，更是一种高尚的心态，无论在什么情况下，厚道之人往往活得通透、轻快和洒脱。由于心境不同，感受也就不同。如果能够保持一种安宁、平和的心境，痛苦就会越走越远。宽恕别人可以升华自己，而怨恨别人只能伤害自己。其实，无论是驱赶迷茫，还是对抗平庸，烦恼往往源于计较，痛苦往往源于患得患失。

痛苦并非外部世界的客观情形，而是自己的心理反应。有些人输了，常常不是输给他人，而是输给了自己的心情，坏心情不仅破坏了自己的形象，还降低了自己的能力，搅乱了自己的思维，影响了自己做事的信心。所以，人只有知足了才不会再抱怨，才不会再心烦和妒忌，若要知足，必须调控好自己的情绪，这样生活才会处处祥和、顺畅。

阳光豁达的人，永远比一个整日愁眉苦脸的人让人愿意靠近。保持积极的心态，乐观面对生活，路才能越走越有滋味。所以，生活中的人们，应该学会少一点儿贪婪，多一点儿知足，少一点儿欲望，多一点儿淡泊，如此一来，便更容易获得幸福。

善良是人性中最美丽的光环 ····

　　用一颗善良的心来对待生命中的际遇，生活就会处处明媚。善良，不是装饰品，不是勋章，是心地的袒露，是人格的彰显。很多事物的价值不是取决于本身，而是取决于你到底付出了多少。内心丰盈、人格独立的人，腹中有学识，心中有主见，灵魂自会散发香气。

　　法国著名思想家、文学家、批判现实主义作家罗曼·罗兰说的一句话："善不是一种学问，而是一种行为。"意思是说，善良不只是一种常识，更是一种行为，不通过行为表达，人就渐渐失去善良。诚然善良是常识也罢，是行为也罢，都在告诉我们要为善良负责。"善良的代价使之成为善良，许多人不要，是因为他们害怕责任与代价。"或许善良需要行动来表达是针对那些有善念却惮于后果的善者来说的，从而激励这些善良的人有所作为，不再心有余而不敢为。让人们的善良真正发光闪耀吧，为构建人性之善添砖加瓦。

善良的心灵并非漫山遍野，却也如点点繁星照亮黑夜。相信在行动的助力下，善良能永远散发出人性的光，相信我们每一个人都能坚定地用行动表达善意。其实，心存善意，多行善事，拥抱别人，就等于拥抱自己。永远不要觉得自己已足够好，保持一分谦逊的态度，你还可以更好，谦虚的品格让你的人格更具魅力，在奋进的路上，遇到困难的时候，很多人都愿意来帮助你。

一个人的外表可以平凡，但内在的东西却可以使这个人不平凡。善良是一种高贵的气质，它可以令你在人群中散发光芒。

有时候，我也会觉得这个世界每天发生的事情太多了，今天过去，明天醒来，愤怒留在昨天，很多事都不会有结果。没有结果的危害不仅是让大众麻木，更会让他人效仿。进一步来说，人一旦在善良行动上缺席，必将会在不久之后受到反噬。行动层面的缺失，让社会失去了善的引导与模范作用，这对于后代的影响是巨大的。

"爱出者爱返，福往者福来。"当你献出了善心，善心就会以另一种方式回馈到你身上，当你和善地对待他人时，也会被他人温柔以待。

• • • • •

孤独，是灵魂的另一半色调，是精神的另一种状态，它无声无息，却时涌时现，无形无影，却处处都在。很多时候，我们在众人面前扮演坚强，那只不过是不想让人看出自己的脆弱。扮高兴，扮轻松，就是为了掌控自己的情绪，懂得什么时候痛而沉默，什么时候笑而欢乐。

"没有人喜欢孤独，只是不愿意失望。"你去结交朋友，去和喜欢的人在一起，但是最后都容易失去，不能长久，那时候会更加失望和孤独，还不如不去做这些，自己一个人承受属于自己的孤独。也许，失望并不可怕，可怕的是失望让自己沉沦，在孤独中沉沦。

世人皆知"物以类聚，人以群分"的道理。孤独不是失望，也并非都是伤悲，而是一种坚守，是一种思想境界的升华。其实，每个人都有自己千丝万缕的情结，我们都渴望通过交友来得到真正的关心和理解，从而使自己的灵魂不再孤单，但事实是我们只是接纳或吸引了与自己内在频率相一致的事物。

每个人都有着自己的辛酸与无奈，大多数人将其埋在心底，不把痛苦展现在他人面前，不愿把脆弱给别人看，只做自己的听众。他们宁可在孤寂中守候，也不要在繁华中为奴，信奉定而后能静，静而后能安，安而后能虑，虑而后能得。

孤独，是人类的宿命，所有的爱都无法将其消除，它就是人们永远无法放下的行囊。所以，要把时间花在该花的事情上，别每天胡思乱想了，抓紧时间做自己该做的事，不要遇到点儿芝麻蒜皮的事就闹心，只要你真奋斗起来，你就会发现自己其实很了不起。孤独来临的时候，鼓励自己上进，相信孤芳自赏也能开出绚烂的花朵，总会有那么一段旅途，会让你生长出自信的力量。

在岁月的跋涉中，每个人都有属于自己的故事，即使生命如尘，也要唱好自己的歌，踏着自己的脚步，过上属于自己的幸福生活！

与人为善，成就的是自己

····

生活五味杂陈，人生纷纷扰扰，倘若拥有一颗善良的心，必能将各种况味妥帖安放，把日子过成自己喜欢的模样。善良不用刻意为之，它应是你为之愉快且自然而然做的事。有时候，善良就是心安理得，善良之人做事光明坦荡，无愧于心，行得正、走得直。心存善念者，世间人才就会向他奔赴，这便是物以类聚、人以群分的缘故。

战国时期哲学家、思想家、教育家孟子曰："君子莫大乎与人为善。"一个正人君子所能做到的最大的事情就是与人为善。与人为善，就是在与人交往的过程中，要以一颗善良的心对待一切。

在这个世界上，同别人一道行善，要注重协调人际关系，互相尊重，就会出现事业兴旺、社会和谐稳定的良好局面；反之，如果不与人为善，而是各有企图、以邻为壑，那带来的定是纷争不断、离心离德，甚至导致工作很难有所进展，事业也难以取得成效。从这个意义上说，做到与人为善，不仅利人利己，更有利于社会的健康发展。

生活中的人们不缺善良，缺的是发现善良的眼睛。做人可以精明，但不要太阴险，若想在这个世界上扮演令人瞩目的角色，不收敛从善，最终结果一定是处处碰壁。所以，我们要学会怜悯。面对弱者，我们应该做一个有良知的人，对不公敢于发声，因为对恶的沉默，就是对善的打压，伸张正义其实也是行善之人的本分。

善良是一种选择。我们做的善事，发的善心，不会立刻见效，但是实际上，已然惠泽他人。这种惠泽，又会反过来惠泽我们自己，甚至是我们的家人。

真正的行善之人，会遵从自己的本心，不占人便宜，毫无怨言地付出，甚至在与人合作时宁愿自己吃亏也要厚待他人。正所谓积善之家有余庆，行善之人有福田。与善良者相交，不玩心计，无须设防，久处不累；与行善之人同行，不用担心善的本性会丢失；与行善者处事，将来必有福报。

"法不轻传，道不贱卖。"体悟生命的价值在于被别人需要，就如同金钱的价值在于使用一样，人是需要有慈悲之心的，在力所能及的情况下，尽可能地为别人多做事情，哪怕是微不足道的事，也是生命价值的体现。善良，不能只是在嘴上说说、心里想想，而是应把它作为一种准则来践行。

世界如同一面巨大的回音壁，你怎样对待世界，世界就怎样反馈你，你如何对待别人，别人便如何回报你。懂得行善，方能收获满满的福报！

清心自有墨香来

····

　　读书，是一种熏陶，是与圣贤神交，与哲人对话，领略圣贤的胸怀和情感，感悟哲人的智慧和思想;读书，是一种享受，感受精神的力量，分享思想的光芒，颇有咀嚼人文的意味。书就是这么独特，独特到会改变很多人的人生轨迹。经典的名著更是诲人不倦，它像是苦海中的灯塔，为人们指明了前进的航向。

　　我们经常能在名著中看到很多精彩之句，它们富有人生的哲理性、思想性和指导性，只是不同的人有不同的感悟罢了。我们之所以要读书，不是说将来它就一定会帮你赚多少钱，是因为它一定会成为你人生的阶梯，无形中帮你达到一定层次和高度。渴望用知识武装自己大脑的人，切莫"黑发不知勤学早，白首方悔读书迟"。

　　陋室常余书卷在，清心自有墨香来。读书，

足以怡情，足以博采，使人开茅塞，除鄙见，得新知，养性灵。读书是将人类浓缩几千年的科技、文化快速习到手的最佳方式，能够让你在极短的时间内掌握大量的科学文化知识，摆脱愚昧和迷信。一个人只有脚踏实地，不断地通过阅读、探索和学习，才能真正理解某些事物的本质和意义，才能不断地把握和提高自己的认知能力。

打开阅读的视野，咀嚼、消化知识美食，从而使你更加睿智。知识不仅会让你看懂、看透社会的本质，看清人间的冷暖，也使你思路更加清晰，做事更有方向。除此之外，好的文学作品既有诗歌般的热情与浪漫，也有哲理式的深刻和理性；既有对社会时弊的鞭挞，又有人性的深刻解剖。所以，掌握这些知识并运用到社会中去，才能真正做到有备无患、遇事不慌，进而从容应对各种难题，真正彰显你"腹有诗书气自华"的气质。

书山有路勤为径，学海无涯苦作舟。现今的这个时代，能守住读书的专注力实在不易。拥有自控力的人，学习也会自律；有了坚强的意志力，思路也会清晰明了。倘若我们能够培养出自控力，渐渐地就会积聚成自己内在的一种强大驱动力，催促着我们去改变，成为自己命运的主人，主宰自己的人生。这是知识能够改变命运的时代，机会永远留给那些勤奋好学且有准备的人。鉴于此，我们应该为自己定下一个小目标，每天坚持努力学习，到时终能看到更广阔的天地。

如果你能找到自己的人生理想和目标，并朝着此方向勇往直前，在这个过程中专注自律、坚持不懈，你的人生将会有出乎意料的收获和无限的可能。

品德是人一生的通行证

修心当以净心为要，修道当以无我为基。人品好的人，表里如一，坦坦荡荡，不做亏心事，与这样的人交往，才能提升自己的德行。

其实，人生活在这个世界上，最重要的并非学识，而是德行。有句话说得好："德才兼备，以德为先。"原意是指，以为人处世的道德准则为第一位，指导自己行为举止，在心态上处处勉励自己，看清事物的本质，从而达到有德行而兼具才能的最高境界。

努力成才固然很重要，但品德的培养也绝不可忽视。才能与品德两者缺一不可，我们应该齐头并进，共同发展。学习知识是一种学问，学习他人是一种美德。"学以立德，学以培智，学以陶情，学以修身。"这才是学习的目的。人无德不立，育人的根本在于立德。在现实社会中，甭管一个人多聪明，多能干，家庭背景多好，如果他人品低劣，以后的事业肯定会受到影响。而德行高尚的人往往拥有极大的人格魅力，这种力量不但能使人诚服，而且能让他在社会上大有作为。

唯宽可以容人，唯厚可以载物。待人以宽是一种格局，能容忍别人的过失，才能宽自己的心胸；装得下别人的过错，才能更好地笼络人心。责人不必苟尽，苟尽则众远，德行深厚的人，往往有海纳百川的胸怀，懂得在宽容中修炼自己。一个人要有容人之量，如果没有容人之量，那就不会成就大事。当一个人见过高山大海，眼前的是非便渺小如尘。别人的过错、眼下的得失、当前的困难，无一不是磨砺自己心性的基石。

有德行的人，都会有好好说话的习惯，也就是谈吐要温和、礼貌，举止要大方，三思而后言，不说不留余地的话，给他人留一条退路，其实这也是一种明智的选择。

我们遵循"饶人一条路，伤人一堵墙"的原则，明白随意指责会给别人带来很大的伤害，在别人陷入窘迫时，把人逼到绝境的不是强者，当然也不合情理，给对方一个台阶下，不让人难堪，才是高情商的体现。做事先做人，这是自古不变的道理。如何做人，不仅能体现一个人的智慧，也能体现一个人的自我修养。

放下包袱，轻松前行

世事就是这样，我们忙来忙去，无非是为了享受美好生活，那么我们为何不寻找一种简单而快乐的生活方式呢？其实，幸福只能在内心寻找。如果我们被野心填满，那么就不可能拥有一颗轻松自在的心。

罗马帝国皇帝马可·奥勒留说："幸福取决于思想。"他的意思是说，世界不是一块净土，但心灵却可以是一块净土。外面的世界很喧闹，但内心的世界却可以很宁静。

诚然，每个人都是自己人生的主宰，快乐与痛苦都在一念之间，简单的人遇到再大的事也是小事。"简单"不是没有头脑和没有想法，而是一种大度和睿智的襟怀，放低自己也是一种修行，它蕴含着深厚的境界。复杂的人遇到再小的事也是天大的事，因为他们目光短浅，喜欢事事计较，没有广阔的胸襟，到哪里都不会有前途，更不会受人待见，唯一的解决方法是抛弃无谓的思虑，不要自寻烦恼。较劲的人生没有意义，更不可能获得幸福，所以，人必须学会摆脱自私、固执的魔怔思想，否则可能给自己带来诸多麻烦。

在我们这个时代，能够自己决定的事很少，越聪明的人越容易有欲望，也越不知应在哪个地方搁下那颗心。最好的解决方法是：过去的事由它去，不放心上；现在的事不折腾，淡然面对出现的问题；至于未来的事，与其纠结劳心，不如活在当下，随遇而安。

生活本不累，累的是心境，一半源于生存的压力，一半源于攀比，当生命中出现不好的状况时，你越固执对抗，情绪就越糟糕，负面情绪会再次伤害自己。因此，不管出现了什么样的嘈杂和痛苦，都应坦然面对。所谓层次，不是社会地位，而是人品和认知事物的清晰程度，有些人、有些事当断则断，当舍则舍，一味忍受，终究只会让自己心生无尽烦恼。一切顺其自然，才是人生最好的状态。

富贵荣华乃身外之物，平安健康才是根本。忘记不该记住的，珍惜身边拥有的，闲煮岁月，细品时光，于卑微中活出精彩，活出幸福。

自信让自己变得更强大

历史的车轮是不断向前的，社会每天都在进步，知识也在不断地更新，不学习必然跟不上时代发展的需要。假如你奋发进取却仍然没有获得成功，那么就应该继续一点一滴地积攒力量，与其抱怨步履艰难、前途黯淡，不如静下心来沉淀自己，打磨实力，让自己变得自信而强大。

《增广贤文》有言："学如逆水行舟，不进则退。"此番话比喻的是，人不努力学习前进，就要被其他竞争者超过。在方向决定前途的时代，好的道路代表更大的希望，如果长时间处于幻想、彷徨、逃避的状态里，必然会耽误接下来要走的路，也注定会错过雨后的彩虹。如果想要成功，就必须逼自己优秀，不然终会被社会淘汰。

世上从没有一蹴而就的事，凡事都是一步一个脚印走出来的，何况机会不是均等的，只有提升自己的能力，才能在挫折中为自己创造强大的竞争力。

人生其实就是一个在自我否定中前进的过程，慢慢知道什么是重要的，什么是不重要的；知道进取需要长途跋涉，只有日复一日地奔赴，才会有出路。

我们总是在仰望遥远的星空，就像遥望我们的理想一样，但要知道，想要到达胜利的彼岸，就要先脚踏实地，摒弃不切实际的幻想，只有这样，才能更好地踏上旅途。诚然，每个人难免有困顿的时候，与其哀叹、抱怨，不如发挥自己的潜能破局而出，唯有在困难中坚守信念，才能有机会破浪前行。无论前方的路是否荆棘丛生，只要怀揣梦想与希望，任何艰难险阻，都阻挡不了我们前进的步伐。

全力以赴地经营自己，朝着心中的目标前进，这才是人生最大的智慧。有多少人满怀期待地想要拥有，却坚持不了多久就在半路放弃了，未来的日子只能在懊悔中度过。然而，没有经过颠簸、周折，人是不会有觉悟的。也就是说，你可以没有天赋，但一定要充实自己，只有不动声色地去努力，才能迎来默默沉淀后的厚积薄发；只有坚持不懈地付出，才会在岁月磨砺中熠熠生辉。

生命只有一次，你可以没有天赋，但是不能不思进取；你可以很平凡，但是不能没有尊严。命运对于每个人而言都是公平的，庸庸碌碌也是过，轰轰烈烈也是活，虚度年华的人不少，真实鲜活的人亦不少，到老的时候别让自己后悔就行。

外界千变万化，我心岿然不动，"任凭风浪起，稳坐钓鱼台"。路很长，景正好，我们不妨再多一些努力，只有沉得住气，把简单的小事做好，长时间地积攒实力，让自己成为一个出色的人。

苹果落地，月球为什么不会掉下来

……

自诞生以来，人类为了生存需要，进行了广泛、有意义的社会实践活动。劳动改变了人类，使人类逐步成为地球的主宰。由于在科学实践过程中，激发、开启了由简单思维向抽象思维进化的新模式，人类不断探索、发现、研究和总结天地万物一切真相和秘密，并在此基础上预测未来发展的方向，其结论是人类必将由自然王国走向必然王国，这些论述都可以在科学的殿堂里找到答案。

著名物理学家阿尔伯特·爱因斯坦曾经说过："想象力比知识更重要，因为知识局限于我们现在所知道和理解的一切，而想象力则涵盖了整个世界，包括所有尚未了解和理解的东西。"辩证唯物主义认为，物质是第一性的，意识是第二性的，也就是物质决定意识，但是人的意识有主观能动性,能够认识和改造世界。在牛顿发现"万有引力"定律之前,苹果落地与月亮围绕地球旋转这两种完全不同的现象,被科学家们串联起来之后形成了假说,这种假说曾一度被认为是一种荒诞不经的怪谈。其实科学的发展需要有特立独行的想象力,在充分发挥人的主观能动性并尊重客观规律的前提下,摆脱守旧固化的桎梏,才能大展宏图,才能在浩瀚的星辰大海里自由翱翔。

从哲学的视角看科学家们的论述,它既不像事实判断直观,又不像价值判断那么主观,只是基于逻辑的判断,却可以让事实越来越清晰,逻辑越来越缜密,求证之后便获得了成功。

独立的精神和自由的灵魂是科学家必备的素质,具备独立思考能力的人,亦有独立的人格、丰盈而强大的内心。而这样的人,在他们所处的那个时代往往最容易遭到排挤,甚至沉重的打击,比如尼古拉·哥白尼提出太阳中心说,被占统治地位的经院、哲学和神学者,以反对地心说为由判为"异端",而后被烧死在鲜花广场。可见,坚守真相需要多大的勇气。

牛顿的"万有引力"定律,爱因斯坦的"相对论"学说,我国古代的蔡伦发明了造纸术以及李政道、杨振宁的"宇称不守恒"定律等,这些科学家为后人、为时代创造了不菲的精神价值,他们的精神必将感动、激励一批又一批求知的人们,向着独立创新的道路上奋勇前进。

思维是宇宙中的纯能量,它决定了一个人的道路,决定了一个人的格局,所有人的独立思考,将决定一个民族乃至整个世界的未来。

擦亮心灵之窗

．
．
．
．
．

在这个复杂的世界，人最难做到的就是保持一种纯粹的状态。家是一个避风的港湾，你对家的态度，往往折射你的生活层次与人生态度，而这些又会潜移默化地影响你的运势。所以，一个家庭的样子，直接反映了整个家族的风水。倘若你能将家中打理得干净、整洁，居室明亮，好运自然会伴随而来。

作家白落梅曾说过："饮食简明扼要，生活删繁就简。所求所寻的，不过是人世间最干净的饱满。"对我们而言，屋子里的形象会影响主人的精神面貌和生活态度。干净、整洁的房屋会让人充满活力和希望，而脏乱差的房屋，只会让人陷入低沉。家是我们永远的归宿，是我们一生的依靠，所以布置、清理、打扫并不仅仅是清扫我们生活的空间，更是清扫我们心灵的尘埃。

即使房间简陋，但是因为你的整理，它也可以变得雅致。家净了，人心才能纯净，心静了，生活的质量才会提升。

家庭是我们温馨的港湾，如果家里面又脏又乱，就很难让人感到温暖。能把家里面收拾得干干净净，那一定是勤劳且对自己有要求的人。反之，就是懒惰、怕麻烦的人。倘若一个家庭脏乱差，甭说人不舒服，就因为你不去寻求改变，生活也会越来越差，最后还会影响到你们整个家庭的健康和情绪，而越干净、整洁的家庭就越能留住好的运气。

物质极简，窗明几净，虽生活清苦，但它能让人体会到生命的真谛，找到人生独特的乐趣。总之，一个干净的屋子既吸引人气，又吸引财气。因此，应当定时将不适宜的垃圾物件清除，腾出舒适的空间，并始终保持这种习惯。

在社交活动中有一两个交心好友，我们就足以度过余生。其实，生活越简单，就越轻松，舍弃不必要的东西，才能获得内心的宁静，也就是说，舍弃外物及复杂的人际关系的牵绊，才能获得心灵的自由。

我们不妨换一种心情、一种心态，让心干净、简单，并使之沉淀下来，你会发现一种与众不同的人生。

爱是一朵绽放的鲜花

- ·
- ·
- ·
- ·

　　在漫长的人生旅行中，与灵魂的知己相伴，那暗香盈袖的惬意，为人们带来花开旖旎的遗世独立的惊艳。然而，许多例子证明，世间痴情男女，十分狂热地投入爱情，不管不顾，一旦突发变故，为爱受伤极重，甚至到了无法承受的地步。事实上，真正懂得爱的人，感情都会是有所保留的。

　　美籍德裔社会心理学家埃里希·弗罗姆在《爱的艺术》里曾这样写道："成熟的爱情应该是在保留自己完整性和独立性的条件下，在保持自己个性的条件下与他人合二为一。"我们深知，这个世界上没有两片相同的树叶，每个人都是一个独立的个体，由于取舍不同，每个人的认知亦不相同。对此，我们不要为还没有到来的爱情烦恼，更不应该对已经发生的爱情恐惧，如果说每朵花蕊里都藏着一段缠绵悱恻的故事，那么每个人的心里都揣着各自不同的心事和秘密。

风霜会败坏最美丽的花朵，爱情会打破最香甜的睡眠。强求会带来苦涩，摇摆会带来烦恼，多情也是如此。多情生爱是因熟悉而带来的情感，它也算是不困于俗的客观认知，因而得到大家的推崇和认可。既然如此，红尘旅途就会出现一根柔韧的情丝，把彼此的心儿缠绵，绕住情思的翅膀，不会乘着宿命的风，在某个昏暗的日子里飞出彼此的视线，空留无尽的悔恨，凌乱在彼此的书卷里。

在这个世界上，最贵的就是自己。没有必要在爱情中卑躬屈膝，所有的委曲求全都是你一个人的自我感动，不想受伤，就要好好地爱自己。即使你以为，人生若如初次相见，我会珍惜相悦的缘，如果能够早一点儿相遇，梦就不会早一刻醒来，磐石也可以柔软出爱意，弹奏的琴音也会弥漫至天际，时时紧紧牵住爱人的手，用自己的胸膛供暖，倾尽虔诚，叩开爱情的圣殿之门，携一抹花香，在似水流年里相互倾诉爱慕，那该是何等的幸福啊！但是，现实的经验会严肃告诉你，当你们感情还不够稳定的时候，一定要小心谨慎地对待，而不是急急忙忙地进入下一个阶段。

爱情是两个心灵碰撞的火花，是结秦晋之好的前奏曲。恋爱中的人们，一定要爱得适可而止，爱得太满物极必反。任何事情都过犹不及，爱情也不例外，付出越多的人越容易受到伤害。所以，爱一个人的最好方式，是放在心中，各自怀念。把心里最重要的位置留给对方，两颗心能做到相互回应，便可放心一切。如果在获得爱之后，心中只有对方，甚至觉得爱情胜过一切，那你注定会沦为爱情的奴隶，被爱情左右，再也无法找寻属于自己的人生目标。

书写关于心灵的箴言，相逢是心灵的相逢。爱情发生的那一瞬间，谁都想的是地久天长，相濡以沫。只是少有人能够真正笑到最后。而为爱生事的问题极具代表性，也警示人们不能太理想化了，再怎么爱一个人，也不能用情太深，甚至倾情投入。千万不要以为爱不到最深，就得不到最爱，以为付出就能赢得对方同等的真心，这天真的想法未必会得到想要的结果。所以，我们一定要留三分给自己，这才是智慧的选择。

岁月年华，如白驹过隙。滚滚红尘，似梦如烟，缘来缘去终会散，花开花落总归尘，只有那半开的花，才是人生最美的微笑；只有那颗微笑的心，才能体悟世间真正的爱之美！

学会惜缘

．．．．

　　人生一世，能有几个贴心的朋友是一件特别暖心的事情，虽然防人之心不可无，但是和朋友相处，真心换真意，才可以使友谊地久天长。其实，在人际交往中，最重要的就是相处舒服。懂得人情世故，语言适度，表达合理，不仅能把事情解决得很好，更能促进彼此的关系。

　　晚清时期的政治家、文学家曾国藩说过："话不说尽有余地，事不做尽有余路，情不散尽有余韵。"此话原意是说，人生不可能永远一帆风顺，总会有遇到困难的时候，对别人好，也是对自己好。当你设身处地为他人着想，给他人留足面子，不咄咄逼人，不盛气凌人，反而会得到他人的尊敬和敬仰。你含蓄地提醒他人，委婉地纠正他人时，不仅会达到想要的目的，也会让人感到舒服和自在。所以，做人做事有度，是给自己留有余路。若有一天，自己落难，曾经积德行善，还可逢凶化吉。此外，朋友之间做到和而不同，亲密"有"间，相互保持适当距离，友谊才能更长久。

在生活中，人情世故如同一张大网，让每个人都挣不脱、逃不掉。总有你不愿见的人，却不得不见；总有你不愿做的事，却不得不做。再好的朋友，即使是管鲍之交，他们的友情都是有条件的，都存在利益考量的成分，不是谁都能随意消费的，若对朋友过度消费友情，就会把朋友吓跑了。

人活一世，我们都要学会"月盈则亏，水满则溢"的道理，做任何事都要把握好分寸和尺度。朋友之间的资源，要省着点儿用，要量入为出，不能有多少用多少，一高兴就用他个底朝天，那样你们之间的友谊就很难持续发展下去。诚然，人与人之间打交道多了，就会产生交情，有了交情办事就方便多了。其实，交情讲究对等和公平，不能因为觉得有交情就能拼命使用，更不能老是给对方找麻烦，要不然这交情会越用越少，越用越淡，用到最后也就没有什么情可言了。

有些人唯有处处碰壁，才有机会见识世事的真相，见识到人心的冷暖，也就是遇到难题时才能醒悟。如果人和人不在一个层次，无论你做什么，对方都会觉得不对，只有同频才能相吸，只有灵魂相似的人，才能看出彼此之间潜藏的内在。也就是说，懂你的人不用言语来说明，不懂你的人百口莫辩，有人捏着你的认知不依不饶，也一定会有人尊重你的观点，所以，不同层次的人，不必与其争论，无关紧要的事也不必费心辩解。话不说尽，是一种修养；事不做尽，是一种善良；情不散尽，是一种智慧。人生不必苛求圆满，做到问心无愧就好。

友情有深有浅，有些人只不过是擦肩而去的过客，有些人则能让你记住一辈子，不管怎样，我们都要学会惜缘。能和你永远坦诚相待、推心置腹的人，即使一辈子不相见，也会永驻心中。

自我修炼，成就最美人生

命运总会善待热爱追求的人，终有一天，所有的经历都能在岁月深处开出一朵花来，只愿岁月含香，笑语流年，无悔走过。其实，人生就是一场拼搏的独行，优秀的人不在人云亦云中迷失方向，而是在缄默的时光里不断积蓄力量，等待更好的机缘，奋勇精进。

作家冯骥才说："平庸的人用热闹填补空虚，优秀的人以独处成就自己。"即思想越贫瘠的人，越热衷于那些无用的、低质量的社交。真正成熟的人，都懂得把时间拿来做真正有用的事情。

人生，真的没有什么捷径可走。你想要拥有多少，你就必须得付出多少。做人，你可以没有野心，但不能百无聊赖、不思进取地过一辈子，当然，你也可以换一种活法，那就是不刻意合群，亦不需仰望、迎合权贵，在平凡独处的日子里，静心修炼，默默地沉淀自己，活在当下，成就自己最好的人生。

人生的境界，取决于内心的丰富与宁静，最高的境界往往是在独处中修炼来的。人这一生，与其卖力讨好别人，不如精进自己；与其刻意攀附权势，不如提升自己。所谓"社交"，不过是价值交换罢了，所以，不必攀附，无须强求，让自己有精力去享受正常的生活。内心平静的人，从不活在别人的想法里；一个有格局的人，不会困于方寸之地，而是从容豁达，遇事沉稳，不骄不躁，愿做一些有价值、有意义的事情。

历经世事沧桑，不染岁月风尘。其实，人与人最本质的差别，就是精神层次的不同。精神生活丰富的人，无论身处顺境还是逆境，都能淡然自若，坦然面对，从而洞悉事物发展的客观规律，顺势而为，走出人生重重困境的羁绊，去掌握自己的命运。深邃的思想犹如夜空中划过的闪电，唯有那些见识不凡的人才能捕捉到，才能理解透。唯有保持精神饱满，意志坚定，在命运的拐角处，多想一些，多走一步，才能抵挡命运的风霜，活出自己应有的风采，成为主宰自己命运的主人。

聪明人往往很少社交，不是他们不喜欢交友，而是他们对朋友有自己的选择，不会浪费时间去经营人脉。这是从他们的经历中总结出来的智慧，它能指导我们的行动，让我们不走岔路，少走弯路，最后抵达那片自己想要的风景。

东风助力，扬帆远航

假如你还没有足够出众、足够成功，那么请静下心来沉淀自己，努力学习，打磨自己，有了过硬的实力，就不用担心一生会默默无闻。

伟大的思想家、教育家孔子说："学而不思则罔，思而不学则殆。"意思是说，人一味读书而不思考，就会因为不能深刻理解知识的意义而不能有效利用，甚至会陷入迷茫。而如果一味空想而不去踏踏实实地学习和钻研，则终究是在沙上建塔，只会一无所得。其实，孔子是在告诫我们只有把学习和思考结合起来，才能学到切实有用的知识。

学习不单纯是一个知识积累的过程，更是修身养性的重要方法。真正的教育只是一个过程，事后还要靠自己努力学习新的知识。只有把新知旧识相结合，并且不断扩展，才能对事物有一个立体的认识，从而洞悉事物的运行规律，把学到的知识再运用到实践中去，形成经验总结，不断推动事业向前发展。

天下万物皆有其道理，只要用心体会，都能有所得。学习古代圣贤是为了借鉴古人的经验教训，做到古为今用，学以致用。经验和教训是在经历中不断反思、总结、沉淀而结出的丰硕果实。积累有关世事人情的经验教训，可以少走弯路，让自己拥有高人一筹的智慧，到时自然有杰出的成就。但是不管是追求知识还是渴求事业成功，都要甄别那些不该拥有和不必要的欲望，以降低消耗和负累，轻装上阵，才能从容不迫。

只有努力和勤奋好学者，才能实现梦想，而那些心浮气躁者，只会一事无成。前进的路上，与其抱怨、郁闷、纠结，不如从现在开始，积攒实力，积累经验，奋发图强，让自己拥有更多掌控人生的力量。在历练中多思考，在岁月中勤积累，练就一颗聪慧的头脑，提高自己的认知，在工作中才能高瞻远瞩。

学习离不开思考，思考也不能脱离学习，二者相辅相成，缺一不可，这是学习最基本的方法。掌握此方法，我们就能不断取得进步，实现自己的理想。即使最平凡的人，也要为生活而努力奋斗，当人处在一种奋斗的状态下，精神就会从琐碎的生活中得到升华。

淡定从容——人生最美的风景 ●●●●●

世事告诉我们，人的生活越简单就越轻松，舍弃欲望的诱惑和困扰，才能收获内心的平静，舍弃外物的牵绊，才能获得心灵的自由。

其实，每个人的心灵都需要一方净土，面对外界的浮躁与喧嚣，我们的内心时常会疲惫、厌倦，此时此刻，最需要做的就是给自己创造一个安静的空间。而内心的淡定是一种超然，更是一种掌控自我的智慧，它是一种发自内心深处的满足与微笑，这种满足与微笑的背后，更需要拥有一种坚定的信念，同时也是对一个人综合素质的真正考验。

作家杨绛先生曾这样说过："我们曾如此渴望命运的波澜，到最后才发现，人生最曼妙的风景，竟是内心的淡定与从容。"她的意思是说，人真正的富足，其实是内心的富足。人这一辈子知道旅途有终点，可是依然放不下、看不破。世人都说神仙好，唯有功名、金银忘不了，而事实上，维持生存的物质并不需要太多，生活简单惬意，心灵丰盈富足，才是人生最大的满足。

真正的淡定，来自内心的宁静，不为尘世的一切所蛊惑，只追求自身的简单和丰富。而人之所以痛苦，就在于追求的东西太多，如果你能实现内心真正的自由，别人永远不可能给你带来烦恼。你的内心受束缚，在重重矛盾和困惑中，往往失去了自我，徒增了许多不必要的烦恼。所以，人要学会接受自己的脆弱和不堪，给自己一点儿时间，你才能在不知不觉中获得人生的从容。

生活包含着更广阔的意义，其意义不在于我们得到了什么物质，关键在我们的心灵是否充实。金钱固然很重要，我们每一天何尝不为金钱而受苦，可是我们又觉得，人活这辈子，还应当追求精神上的富足。精神是一种思想境界，返璞归真才是人生该有的样子，活得简单充实才是人生的大智慧，所以回首一生，无须轰轰烈烈，只要对得起自己的付出就好。

在这个世界上，不是任何事都能按照自己的愿望发展，你若计较，处处皆烦恼；你若看淡，事事皆如过眼云烟。人生就是这样，烦恼是一天，快乐也是一天，何不让心轻松一些、纯粹一些，计较少一些，腾出精力做自己喜欢的事情。智慧的人，都懂得大道至简的道理，故而活得从容舒坦、自在洒脱，在遇到困惑时，也不回避，敢于直面人生，理性化解疑惑。我们坚信，唯有坚守信念，从容抵御诱惑，才有机会继续前行。

别忘了自己想要去的远方，不管有多难，不管有多远，都要放飞自我，从而获得你最想要的结果。无论岁月如何流转，那份如水的淡定情怀，将会变成一道美丽的彩虹，悬挂在我们生命中的每一个驿站。

第四辑

让心灵的脚步永远铿锵

竹杖芒鞋轻胜马，一蓑烟雨任平生

····

　　生命就像是一列向前行驶的火车，每一天都是一个新起点。只有不懈追求，向今天要成果，才是苦乐人生最好的选择。我们的一言一行，所体现的正是我们的深层思想，行与思都是我们灵魂的模样。但凡聪明的人都知道，人的姿态低了，才能成就一番事业。有了这样的认知，你就会珍惜现有的条件，而不会玩世不恭，同时也会给自身注入一种强大的生命力。

　　作家列夫·托尔斯泰说："思想的力量就像长成参天大树的种子一样无声无息，但它是生活中所有可见变化的根源。"其实，当我们意识到思想和语言的力量的时候，生活已经发生了变化。人是凭借文化与外界进行不同层次的沟通和交流的，思想层次不以地位、金钱、容貌来衡量。有思想的人，常常是一个自律、严谨和淡泊的人，并能率真面对自我，坦率面对他人，面对形形色色的诱惑，做到不动摇、不迷茫，顺境时不自满，逆境时不气馁。

世间万事，有阴影就会有阳光，转个身，换一种思路，便会看到光明的前景。事实证明，我们人生之路上会遇到顺境，也会遇到逆境，有道是，木秀于林，风必摧之；堆出于岸，流必湍之；行高于人，众必非之。倘若我们陷于别人的议论中，就会怀疑自己，失去判断力，事实上，每个人都有自己的优势，坚持一下没准就能获得成功。但不管怎样，不论你走到生命的哪个阶段，都该在那一段时光里，完成该完成的职责和使命。

岁月告诉我们，生活不能等待别人来安排，要自己争取和奋斗，只有奋斗才能给你安全感，才有活出生命的价值。所以，要发挥自己的潜能，不要轻易把梦想寄托在别人身上，也不要太在乎身边的碎语，因为未来是你自己的。

在人的生命里，有多少快乐和无奈的事情，就有多少愁苦和感伤的悲凉。一般人都在顺境中愉悦，可是君子却能从逆境中作乐；一般人因为遇到不顺心的事情就感到忧愁，可君子的忧愁却是在事事称心如意的时候产生的。比如我国北宋时期的文学家苏东坡，他屡屡被贬官到边远之地，在生活条件非常艰苦的情况下，仍抱有乐观的心态："竹杖芒鞋轻胜马，谁怕？一蓑烟雨任平生。"他没有抱怨，也没有消沉，这种随遇而安的境界不是常人能够比的。

思想纯净的人，并非不食人间烟火，不染世俗风尘，而是灵魂深处有净土，坚守信念与道义，有所为而有所不为。从这个意义上说，在这个世界上，没有人一生都是平静无澜的：猝不及防的打击，始料未及的挫折，从天而降的灾祸……随时都会发生不可预知的事，可是，事无论大小，不管好与坏，都无须太纠结结果，倘若遇事便沉沦其中，只会压垮我们自己。

人生并不是只收藏精彩，不接受平淡。与其沉溺在悲伤中无法自拔，不如保持阳光的心态，去创造一个美好的未来。

怀敬畏之心，行规矩之事

• • • •

世界在不断发展，社会在日益进步，人类亦在逐步走向兴盛，于是要求我们必须心怀敬畏：敬畏自然规律，敬畏道德法则，敬畏生命……唯有心存敬畏，方能不断前行。

伟大的思想家孔子说："君子有三畏：畏天命，畏大人，畏圣人之言。"即君子有三种敬畏：敬畏天命，敬畏居于高位的人，敬畏圣人的言语。天命是上天的安排，以现代的观点来看，即为万事万物均需遵循的自然规律。

我国自古就是一个礼仪之邦，尊重师长、孝敬父母已在中华大地相沿成习，中华民族历来就有心存敬畏的传统，例如，敬畏上天、谨慎行事、扬善惩恶等。这些观念所要表达的是，人若没有道德素养约束，就如猛虎出笼野性难驯，祸害自然是无穷的。所以，人只有拥有敬畏之心，才能在变幻莫测、纷繁复杂的社会里不被杂念所困扰，不为名利所累，永远保持谦卑平和，恪守心灵的从容和淡定，默默耕耘，沉稳度日。

敬畏之心源于人的信仰，人的心里有敬畏或恐惧的事物，才会规范、约束自己的言谈举止。故怀敬畏之心的人显得格外谦卑，因为他们知道，若是为所欲为、无法无天，最终会自食恶果。所以，每个人都要心存敬畏，多结善缘，那种过河拆桥、忘恩负义的事千万不可为，知恩图报才是做人基本的良知。

人这一生，智慧可以少一点儿，能力可以差一点儿，甚至人脉也可以没有，但高尚的人品万万不可缺失。为富不可不仁，图利不可忘义，否则会遭到社会的强烈谴责和抛弃，在利益面前，任何人不应心存侥幸。对于我们常人来说，更应当自强不息，不贪图小利，不存非分之想，不责人小过，不揭人隐私，不念人旧恶，管住自己的嘴，不伤别人的心，亦会因此少受伤。一个人如果心里藏不住事，守不住口，轻则会失去别人的信任，重则泄露机密，贻害无穷无尽。

山外有山，人外有人，真正高贵的人，往往华而不炫。为人处世太过张扬，难免会摔跟头，得意时不傲，才算真正的人间清醒。在人面前也不要根据自己的见解去指点别人的是非善恶，更不要以自己的标准，去评判别人的思想和价值观。知事不言事，三缄其口，这才是一种处世的智慧。

人生道路漫长而多彩，犹如在大海上航行，有时候会风平浪静，有时候却会汹涌澎湃。只有我们心存敬畏、坦然面对，才能恰到好处地判断事物的本质，才能在人性的艰涩中踏浪前行，人生才有可能取得真正意义上的成就。只要我们内心"三畏"的灯塔不灭，就能压住惊涛骇浪，沿着自己设定的航线扬帆远航，驶向远方。

人生就是一场旅行

● ● ● ●

　　唯物辩证法认为，福祸互为因果，互相转化，有时福是祸，有时祸是福。万事万物都有它的两面性，有时候，好事可以变成坏事，反之亦然。世事万物都遵循有因必有果、有舍必有得、有贪必有丢的法则。其实，任何事物都是有定数的，即这一边占了便宜，另一边就要吃大亏，舍人情的便宜是成熟，舍生活的便宜是富裕，舍安逸的便宜便是智慧。

　　中国古代思想家、哲学家老子说："祸兮，福之所倚；福兮，祸之所伏。"这是指福与祸相互依存，互相转化。坏事可以引发好的结果，好事也可以引发坏的结果。它暗示人们在顺境中要谦虚谨慎、戒骄戒躁。志得意满、狂妄自大，反而滋生灾祸，由福转祸；逆境中百折不挠、勤奋刻苦，可变逆境为顺境。

万事好和坏都是互相影响、互相依存的，那些你认为痛苦的事情，也可能会产生好的影响，那些你以为好的事也会生出祸端。所以，不管生命出现什么样的嘈杂和困苦，或者内心出现了负面情绪，都应坦然面对，凭借你的智慧去化解各种矛盾，这才是最合适的处世之道。

人生犹如一场旅行，有时会一帆风顺，阳光明媚；有时会遇到一片浓雾，不知所向；有时会遇到一片荆棘，一筹莫展……生活中很多事常常弄得我们焦头烂额，其实，很多时候只要我们转变一下心态，保持一个好的心情，用积极的心态去面对它，事情就会有转机。处世之道告诉我们，打人莫打脸，揭人不揭短。不要责怪别人的小过错，不要揭发别人的隐私，不对别人从前的错误念念不忘；不搬弄是非，万事留一条退路给别人，也留一条退路给自己。这样做既可以培养我们的道德品行，又可以让我们躲开祸患。

真正厉害的人，都能够心存善念，换位思考，不动声色给人台阶；以暗示代替直言，以建议代替质问，不强人所难。我们不想他人对我们不尊重，说难听的话，甚至在人前拆台，揭开伤疤，那么我们就要以身作则，严格遵守道德规范，杜绝做损人利己的事情，奉行做人的标准，不胡作非为；有做事的准则，不逾越最起码的底线。但凡成功人士，他们总能慧眼识人，善于化敌为友，从不因为立场不同而否定对方的才华，反而能发现对方的闪光点，为己所用，从而使自己的事业蒸蒸日上。正所谓敬人者人恒敬之，说的就是这个道理。

我们跟身边所有的人，包括我们的父母，只有短暂的缘分。所以我们要多一些谦逊，多一些包容，多一些大度，多一些体谅，多一些仁慈之心。只有行得稳，坐得正，不狂妄自大，勤以养德，努力奋斗，才能免遭祸端，生活才能过得更顺心美好，我们的人生也会多一份福报。

淡定与坚守，是人生最曼妙的风景

> ● ● ● ●

一场花事绽放的流年，芬芳了我的心绪；一朵花开在寂静的角落里，却暗香浮动，温柔了我心头的四季。许一段清欢，开在寂寞的素白里，如一首婉约的诗，一幅宁静的画，倾听知音的心声，聊以告慰自己纯净的灵魂。

高山流水觅知音，共谱一曲相思行。心怀另一个自己，灵魂的相通，会让你的人生更臻完美，如果生活中的爱人也是心有灵犀的知己，那是最好的缘分，那是一种无言的默契。然而知音难觅，知己难寻，如今的我们只能相信相遇是缘，离别也是缘，随缘自在，自在随缘。

偶尔在我们心中也会有汩汩的情感流出，我们毫无保留地流露出真诚和热情，在眼与眼之间交流，在心与心之间倾诉爱恋。但很快会连我们自己也笑自己的幼稚，原来心与心的渴望却远远隔着那么一段距离，甚至永远走不到一条轨迹上。既然这样，也只能遗憾地等待着下一个花季。

禅坐在沧海深处，低吟着忧伤与思绪，咫尺天涯，斜阳孤寂，于是就会扪心自问，人生为什么没有彩排，总是早一步或晚一步。群山消瘦了伟岸，晚霞落寞成泣，然而渴望骤然掀起，无论精神多么独立的人，感情却总是如影随形地在寻找一种依附，寻找一种归宿，但是不知何故，命运总是不济，总是不如人愿。随着时日的推移，在无数次的犹豫彷徨中，在对重重矛盾的探索后，慢慢地才体悟到宁缺毋滥的含义，于是便使自己成熟和坚定起来。

如果春的姹紫嫣红，抵不过一场飞雪的侵袭，那么我们就在心灵深处种一株菩提，让四季常青，让花香四溢，无须在意他人的评价。当你学会了取舍，远离了嘈杂，就会发现，原来人生最曼妙的风景是内心的淡定与坚守。

"生命诚可贵，爱情价更高。"每个人都有自己的选择与取向，我的事情我做主。其实，选择是一种智慧，也许你的选择是一果多因，也许是一因多果，也许没那么复杂……有时候看起来无足轻重，但就在不经意间，便有了不一样的结果。

茫茫人海，阡陌红尘，每个人心里都住着一个理想的伴侣，不管曾经是否拥有，只要想起，心里就会产生暖暖的爱意和萌动。在我们的现实生活中，倘若能找到一个灵魂伴侣，并随时能倾听、交流彼此的心声，那该是一件多么幸福的事啊！

自信是迈向成功的第一步

•
•
•
•

在我们每个人的心里都有一方天地，即使最平凡的人，也要为他的理想而奋斗，从而改变自己的命运。解放思想，不要用立场代替逻辑，也不要用偏好代替事实，即使你很出色，也不要以为自己在每件事上都能比别人做得更好，要虚怀若谷，向别人学习。条条大路通罗马，做事的方法多种多样，遇到困难时不妨试试别人的建议，也许会有意想不到的收获。

美国前总统罗斯福说："人不是命运的囚徒，而是自己思想的囚徒。"众所周知，所谓科学进步就是不断打破固有的思想定式，解放思想，虚心学习别人的先进经验，掌握事物发展的规律，正确运用科学发展理论，不断地深化、探索、发现，去开拓未来的世界。

生活中，每个人都有自身价值的考量，都

相信自己足够优秀，都想干一番事业。有了想法和目标，就要大胆地去行动。在具体行动中，不要为他人的评价而烦恼，否则会让你停滞不前。很多人在期盼的结果到来前焦虑和纠结，在成功前一秒就主动放弃。然而，有志者，不会在意失败的次数，重要的是保持耐心、乐观向上，突破思想束缚，有勇气重新开始并继续努力。如果因为一两件事情的失败就否定自己，那很多事情就注定会半途而废。所以，在求知历练中，要学会把心态调整好，只要沉得住气，付出不懈努力，就一定会迎来希望的曙光，创造出更多的奇迹。在这个过程中，我们一定要冲破禁锢思想的牢笼，提升自己独立思考的能力，去适应未来发展的需要。

真正厉害的人，都会保持理性的态度，去解决事业中的难题。在奋斗的路上无疑是艰辛的，可如果我们不积极地改变思路，那就不会有出路，就不会获得成就，更无法知道人生之舟将归何处。如牛顿和爱因斯坦都是有史以来极具影响力的科学家，他们拥有特立独行的思想，用旁人不同的思维和视角解释了万有引力和相对论，为人类做出了重大贡献。

夏虫不可语冰，井蛙不可语海。一个和自己认知不同的人，没有必要去纠缠，除了自寻烦恼外，别无效果。真正聪明的人，知理不辩理，最后让事实来说话，这种思路也是一种成熟的智慧。其实，人与人相比，只有境遇不同，成功者也没有三头六臂。很多时候，我们不是欠缺成功的筹码，而是欠缺自信的心态和思维方式。敢走下去的人，就有一种自信和底气，可谓艺高人胆大，大概就是这个意思吧！

人与人之间的差距，往往就源于不同的思想认知，唯有不断总结经验，获取新知识，摆脱落后、陈旧的思想桎梏，才能让今天的自己优于昨天的自己。如果你想要达到一个目标，就要为之付出不懈的努力。遇到困难时不妨告诉自己：我是可以的。积极的心理暗示能给我们创造的动力和勇气。时机、大势，很多时候固然可以左右一个人的命运，但是急躁的人，往往会轻易为自己确定各种目标，最后在高速运转中迷失方向。

总之，追求成功的事业，一步登天多半是侥幸，厚积薄发才是真理，遇事找借口，对于个人成长没有任何帮助。从自身找原因，并找出解决问题的方法，才更有益于推动自己的进步。

事物总是不断向前发展的，我们也要跟上时代发展的步伐，更新思想观念，顺应时代潮流，去迎接美好的未来。时间不会为你停止，只有不停地努力，抓紧时间不断地学习，才能超越自己，获得更大的成就。

心怀梦想，扬帆远航

· · · ·

　　人生总是难以称心如意，一切都是风云变幻，生活在这尘世间，忙忙碌碌，苦辣酸甜，很多事情并不是我们想象得那么简单，现实和理想往往有很大的差距，甚至有时会背道而驰。所以，我们应该学会释怀那些不如意的事情，调整心态，在辉煌的时候不能够得意忘形，在低谷的时候也不能够颓废。其实，人生路漫漫，我们不可能每一步都走得那么顺畅，有时摔上几跤、走几段弯路，这并非坏事，至少让我们品尝了挫折的滋味，增添了阅历，使我们的人生更加多姿多彩。

　　作家林清玄说："人生不如意十之八九，可与人言者并无二三。"即人生活在这个世上，不如意的事十件就有八九件。偶尔一件如意的，还不够完美。而这些遗憾，能对人家倾诉二三件，

128

已经是人生大幸了。

生活就是苦辣酸甜，喜忧参半，无论是贫穷富有，都会有各自的欢乐和悲伤。但是许多时候，人们遇到的不如意，并不在于事情本身，而是自己的内心不如意，有时候不怕苦，不怕累，就怕心里憋屈。其实，高峰有时，低谷亦有时，一切前提是人要保持好的心态，心态差了，人就会变得爱计较了，遇事就会多疑多虑，本来容易处理的问题，也会变得复杂起来。倘若心里时刻想着不开心的事，只能让人越来越乱，被糟糕的情绪控制。所以，遇事先去处理一下自己的情绪，然后再去处理问题，这样才能做到从容自得，不乱于心，不困于情。遇到烦心事我们不妨换个角度思考，只要坦然豁达地去面对，人生自然就会充满阳光。

有的路通向期待中的远方，有的路贻误人生，选择怎样的路，就要看人的思想和综合素质，高贵的人品格如水一般，能够包容、滋养万物却不处处争先，这样的人往往能走上自己向往的道路。

我们亦是社会的行人，这段旅途太久，中途会有人不断上下车，所以我们不要长时间使自己陷于负面的情绪中，在社会交往中，我们都会有跟人发生不愉快的时候，但是若干年以后再回想起来也就释然了。在现实生活中，即使过得愁眉不展，也要心怀梦想，因为我们还要过好当下，全力奔赴明天的生活，把所有的不快给昨天，把所有的希望给明天，把所有的努力给今天……

生活是一本教科书，人与人之间的关系总是极为复杂，而我们每个人一生中总是扮演着不同的角色。很多时候，我们身边的环境并不如我们所愿，比如你人再好，也不是每个人都会喜欢你：有人羡慕你，也有人讨厌你；有人嫉妒你，也有人看不起你。对此，我们应该把时间留给那些真正关心你的人、感情真挚的人身上，而尽量减少与心术不正的人接触。

人生变幻，世事变迁，不会因为自己喜欢，开心的事就会变为永恒；也不会因为自己讨厌，烦恼的事就立马消失。每个人都有自己的成功之路，一时的挫折，一时的失败，都不足以打击我们向前的信心，只要信念不死，只要初心不改，总能绝处逢生。人活着，就注定了要学会忍受生活的苦难，没有谁的生活都是一帆风顺的，前进路上总要经历坎坷，唯愿释然能够陪伴我们度过生命长河中的每个春夏秋冬。

生活是在一堆破碎里面找糖

●
●
●
●

生活就是这样，别总是跟别人攀比，别总是跟在别人身后，有些路是需要自己走的，有些苦是需要自己尝的，有些累是需要自己扛的。其实，幸福就是心与心的交会和碰撞，是人生的自我感觉，想要得到它并不难，只要不攀比，不盲从，懂生活，会生活，幸福就会不请自来。

著名诗人席慕蓉说："幸福是心灵的醉意。"在人生的大多数时光里，我们要么固执地重复自己的痴念，要么执着于欣赏别人的风景，却从来没有想过慢下来静心思考，与自己做一次灵魂上的交流——即面对自己的未来，我们将如何去选择。其实，只要给自己的心灵松一个绑，就会发现幸福是无处不在的。所谓宁静才能致远，淡泊方可从容。

我们常常听人说，生活本来就是在一堆碎

玻璃碴儿里面找糖，就像明明知道赚钱很辛苦，却不得不拼命一样。在复杂的社会里，看不透的是人心，越不过的是心酸和无奈，躲不过的是虚伪，忙不完的是今天，想不到的是明天。其实，幸福在于修心，不是逃离责任，不是怨天怨地，不是躲避苦难，而是坦然地面对，全然地接受此刻正在发生的一切好与坏。懂得幸福是一种感觉，更是一种能力，是一种源自内心深处的满足。纵观人生百态，有的人家财万贯也感觉不到幸福，而有的人即使穷困潦倒，也能谈笑风生。可见，幸福也是一种能力。

没有信念支撑的人，注定不会幸福。平庸不可怕，不要怨天尤人，满腹牢骚，习惯性地将自己的成功归因于自身，失败归因于环境；而将他人的成功归因于环境，失败归因于其自身。所谓生命的意义并不是成功和伟大，而在于这一路经历了什么，从中领悟到什么。总之，幸福就是看淡风云，认清自我，坦然自若地迎风而上，在茫茫人海中珍重每一份遇见，感激酸甜苦辣带来的百味人生。

很多时候，你感觉不到幸福的存在，那是因为你仍然心存幻想，抱有妄想，总以为幸福应该是理所当然、唾手可得的。其实，人要想让生活变得越来越幸福，就得放慢生活节奏，对自己宽容一点儿，简单是福，平淡是真，只有心灵自由了，才能怀着美妙的心情看待身边的人和事。

岁月常常告诉我们，学会知足，才能使生活多一些光亮。物质财富虽然能给人一时的快乐和满足，但你无法保证一辈子都拥有，而懂得满足的心态却能给你一生的支持和鼓励，让你终身拥有快乐、温馨和富足。上苍很难满足人的所有愿望，即得到了爱情未必拥有财富，拥有财富未必能拥有健康，拥有健康未必一切都能如愿以偿，对此，唯有知足才是解决一切问题的根本。

"千江有水千江月，万里无云万里天。"人生，只有走在自己的路上，踩下去的每一脚才够踏实，才能抵达自己想要去的地方。富贵荣华乃身外之物，平安健康才是根本，忘记不该记住的，珍惜身边拥有的，闲煮岁月，细品时光，于快乐中活出人生精彩。如果每个人的心里都藏着自己憧憬的风景，那么只有享受自己的生活，善待自己的人生，才是当下的幸福。

最美的路，是修心的路

* * * *

在我们的生活中，真正厉害的人都能葆有一颗平和宽容的心，不记恨别人的过往，不深责他人的过错，不乱非议他人，不惹是非祸害；以理性驾驭情绪，改变能改变的，看淡不能改变的，冷静做人，理智做事，以接纳的心态看待、处理生活中所发生的一切。其实，生活原本如此美好，需要改变的常常是我们的处世心态，心态好了，人生就会充满明媚阳光，理想生活也会接踵而至。

著名画家、散文家丰子恺说："你若爱，生活哪里都可爱；你若恨，生活哪里都可恨；你若感恩，处处可感恩；你若成长，事事可成长。不是世界选择了你，是你选择了这个世界。"其原意是说，你想过什么样的人生，想活成什么样的人，都是由你的心来决定的。多去爱，多

134

感恩，多去细细品味生活的点滴，活在当下，让自己成为想成为的那个人。

在我们的生命旅途中，生活就是一本教科书。很多时候，我们身边的环境并不如我们所愿，尽管日子过得不顺心，但也要从容面对，用积极的心态去看待。同时相信自己，肯定自己，欣赏自己，鼓励自己，去做一些对社会有用的事，这样，生命就会焕发新的生机。

人生路上虽然会有很多岔路口，但是把它变得更加复杂的却是我们自己。正确的选择令人受益，否则会带来难以承受的后果。即使今天我们愁眉不展，也要心怀梦想，全力以赴过好明天的生活。所以，理性告诉我们，待人要多些包容，多些大度，多些体谅，多些仁慈之心，好事担得起，坏事撑得住，我们才能真正享受属于自己的人生。

人这一辈子，怎样都是过，与其皱眉头，不如偷着乐，多苦少乐是人生的必然，化苦为乐是智者的超然。面对错综复杂的人际关系，我们常常无法控制自己的遭遇，但却可以控制自己的心态。我们虽然不能改变别人，但却可以改变自己。其实，人与人之间在精神方面并无太多的区别，真正的区别在于心态：心态好的人大多胸怀坦荡、乐观、豁达、平和、拿得起、放得下；心态不好的人常常处于纠结、沮丧、悲观、消极、忐忑之中。好的人品需要经年累月去打造，但被摧毁只需要你做一件卑劣的事。所以，做事要三思而行，勿以恶小而为之，勿以善小而不为。

"春有百花秋有月，夏有凉风冬有雪。若无闲事挂心头，便是人间好时节。"忘了痛，忘了苦，纵有风雨坎坷，无惧任何阻挡，用吻遍山花、踏遍山河、吸收日月之精华的心，去感恩生命的美好与幸福。

既然选择了远方，就只需风雨兼程

· · · · ·

人生就是这样，所有欢欣的、悲伤的，都是生活呈现出来的真相。不要抱怨上天的不公，也不要抱怨命运的坎坷，人生没有坦途可言，生活也一样，当我们遇到困难时，往往会认为生活已经到了尽头，但事实上，即使在最黑暗的时刻，我们也会发现光明的希望。其实，世间任何苦乐都是相对而言的，也就是有得必有失，但是既然选择了远方，就要风雨兼程。

法国著名作家莫泊桑说："生活不可能像你想象的那么好，但也不会像你想象的那么糟。"人生充满了不确定性和变数，我们的生活会因为各种原因而出现曲折和波折。有时，我们会感到生活不如意，但有时候，我们也会感到生活很美好。倘若你读懂了这些，便会明白，生活让我们学会了痛而不言、笑而不语。面对生活中的悲喜只是一笑而过，相信只要自己努力做好每一件事，每天给自己一点儿自信，坚持向前，最终你想要的也能成为现实。

我们需要接受生活的各种变化和挑战，并用正确的态度来面对它们；我们应该珍惜生活中的美好，并从生活的曲折中吸取经验和教训。真正有智慧的人，都会保持一种超然的态度，去解决生活中碰到的难题，并能做到言有所规，行有所慎，这样才会真正走得稳、走得远。在行进的路上，懂得勉励、关心、爱护自己并相信自己的潜能，不仅是一种成熟的表现，还能让你拥有更豁达的心胸，提升自我的实力，收获更多。

在这个世界上，我们从不缺乏能力，而是缺一颗稳下来的心，唯有稳住自己，才是一个人最大的智慧。不要让绝望和庸俗的困扰压倒你，要保持豁达与平静，始终坚持跟着自己的正确认知走，按照自己设定的生活方式去践行人生的轨迹，怀着一颗欢喜而平常的心，好好去热爱、去生活。

人生没有一帆风顺的坦途，生活也很现实。有时候，当你努力着、拼命着，即将要看到希望的时候，偏偏就会有人给你浇一盆冷水，挫伤你的积极性，但这时我们仍要坦然面对，用积极向上的心态去处理各种矛盾和问题，相信努力会有好的结果，因为办法总比困难多。

奋斗的人生不必有遗憾，若是美好，叫作精彩；若是糟糕，叫作经历。在奋进的路上，不要为了取悦别人而扭曲自己，也不要轻易向别人妥协，他让你笑，你要在坚持中让自己笑，为了不让自己的人生留下无法弥补的缺憾，趁着一切还来得及，去做自己想做又未做的事情，这何尝不是一种愉悦的事呢？只要我们敢承担、不逃避，人生就不会有太多的苍白。所以，我们需要保持乐观、自信和坚强，以应对生活中的各种变数和挑战。

　　"青春不再，年华向晚。"生活只是一场旅程，我们始终坚持走在奋进的道路上，经历告诉我们，拥有一颗宽容的心，你会活得从容而自在，世界也会对你温柔以待。毋庸置疑，人只有拥有快乐的心情，才是人生最大的赢家；唯有拥有健康的身体，才可以享受人间的一切美好，真正感受人生。

心静极，智慧生

既然留不住岁月，那么就该坦然面对自己的未来，当你取得卓越成就的时候，心情一定会非常愉悦，精力也会愈发充沛，并维持在最好的状态，继续去做自己喜欢的事业。可以说，你的成就感是被某种精神支撑着的，精神是意识层面的东西，属于心理范畴，影响着人的心态。

《昭德新编》云："水静极则形象明，心静极则智慧生。"原意可解释为，水面极其平静的时候，倒影会很清晰；人心极其平静的时候，就能拥有智慧。心静不是毫无目标、碌碌无为，而是静下心来钻研一件事，最终在这件事上取得成就，获得智慧。但凡能守住"静"的人，总会在某一天一鸣惊人。

生活在于过程，平淡不是无味，而是生活的真味；平淡不是无所求，而是求得的恰是人生的本质。一个淡泊的人，以慎独之心笑对人生，面对错综复杂的是非乱象，不辩是智慧，不争是修为，冷静旁观事态的发展，做到心中有数，进而随心而为，活成自己喜欢的模样。

聪明的人会在尘世间依光而行，不骄不躁，沉稳度日，随遇而安。诚然，人生会遭遇许多事情，其中很多是难以解决的，这时心中被烦恼围绕，茫然不知如何面对时，如果能静下心来处理，往往会柳暗花明。其实冷静思考，就是为了慎独而行，所谓慎独，就是在别人看不见的时候慎重行事，保持自己的一份清醒。

"非淡泊无以明志，非宁静无以致远。夫学须静也，才须学也，非学无以广才，非志无以成学。"安静不是静止，不是封闭。它是默默汲取，蓄养生命的能量；它是淡定超脱，不让虚名浮利裹挟；它是一种境界，坚守之后，咀嚼得出，享受得到。所以我们不要急躁行事，而应该静下心来，花时间学习更多的技能，不断拓展人生的宽度和长度，只有这样，我们才能拥有更多的机遇和更强的竞争力。

天道就是如此公正，无须提醒，只要你自强不息，总有那么一天，上天一定会回馈你。当然，人的认知是一个逐步的过程，实际上每个人在一生中都要进入不同的角色，都在各个时期遭遇不同的挫折，并在挫折中不断成长。等这些问题大家都想通了，人的心就会自然而然地平静下来。

一个人内心不静，很难真正思考问题，做人做事也一定会骄矜、浮躁。安静的人会在仔细观察中审时度势，更容易深入思考，最终获得解决问题的办法。

如何看待和对待个人的得失，从根本上影响着一个人的心态好坏。人生观决定了一个人的价值取向和追求，而人的行为往往受价值取向支配，同时也赋予了短暂人生永恒的意义。

我们的心平静了，就能生智慧。只有人心静了，人才能真正做生活的主人，细细品味生活。坚守内心的宁静，保持清醒的头脑，才能见天地之精微，察万物之规律。其实，安静地行走在人世间，才是生命的最高境界。无论我们置身何处，无论人生遭遇何种风雨，都应欣然接受，坦然释放，看淡无常，笑对人生。

好习惯是助人腾飞的双翼

●●●●●

　　生活中不起眼的习惯，往往比深思熟虑的决定对我们有更大的影响。可以这样说，你的每一次努力，都在镌刻生活；每一个习惯，都在塑造人生，成就更好的自己。

　　乔布斯曾说："在你生命的最初三十年里，你养成了习惯；在你生命的最后三十年中，习惯决定了你。"真正能让自己进步的从来不是大道理，而是通过自律培养出的好习惯。好的习惯是一个过程，而不是一个状态；是一个方向，而不是终结。良好的习惯要养成，这样才能保持自信的姿态，无论对事还是对物，都要养成定期清理的习惯，如此才能活得自在和清静。其实，真正的愉悦和安宁，不是来自外界的看法和态度，而是源于自我的接纳和肯定。

　　好习惯是加速器，是助人腾飞的双翼；坏

习惯是枷锁，是难以挣脱的牢笼。有时候，生活不是败给了现实，而是败给了我们自己。这世上最可怕的事情，不是有人比我们优秀，而是比我们优秀的人比我们更努力。所以，我们要常思己过，保持良好的进取习惯，只有这样，才能少走弯路，尽快抵达成功的彼岸。因此，凡事多从我们自身找原因，才能不断精进自我，遇见更好的自己。

语言是人与人交流信息的窗口，也是传递情感的一门艺术，语言的魅力是无穷的。同样的话，从不同人嘴里说出来，也会产生不一样的效果。有人喜欢低调做人，高调做事，贵而不显，华而不炫，说话有分寸，这不但体现了自己的涵养，体现了对别人的一种尊重；而有些人喜欢高调张扬，信口雌黄，往往出口成"脏"，甚至"前恭后倨"，这种恶习必然带来不好的后果。我们应当及时辨别，远离消耗你的人，多与能让你变得更好的人交往。

读书，为求知，为穷理，为了解过去，更为优于昨日的自己。每个人的时间都是有限的，每个人的经历也大不相同，书中的那些看似无关紧要的知识道理都是能够快速滋养我们的养分。读书也是我们了解这个世界的窗口，是打开认知大门的第一把钥匙。读书破万卷是为了未来理想，你读过的书终将融进你的骨子里，与你血肉相连，伴随你走过一生。那些不起眼的文字，都充满了强烈的生命力，它们能打动我们的心智，并给予我们无穷的力量。读书能改变我们，使我们不断了解这个深邃而复杂的世界。

越来越多的人开始注重培养自己一些习惯，因为他们渐渐懂得，好习惯是能让自己受益终身的。比如，生命在于运动。

运动最直观的好处是燃烧脂肪，塑造轻盈稳健的体态，让肌肉更紧实，皮肤更有光泽，更重要的是它会让我们拥有积极乐观的心态，让我们活力四射。身体是自己的，生活也是自己的，作为一个明智的人，不要用珍宝装饰自己，而是要用健康来武装自己的身体。

每个人都想拥有幸福而充实的一生，而幸福生活的关键，都藏在我们的生活习惯里。总而言之，只有养成社交、学习、锻炼等各方面的良好习惯，你才能真正拥抱一个美好的未来。

在人生的旅途中，遇到迷惘与困惑并不可怕，只要我们心中的信念没有萎缩，即使凄风苦雨，我们也会不以为意。人只有坚定信仰、信念、追求、理想，才能形成责任感、事业心。对此，我们每个人都应该在时代洪流中保持思考，挑战自我，完善自我。

李叔同曾说："学识的渊博不是为了征服别人，而是为了看清自己的渺小；财富的丰厚不是为了炫耀奢华，而是为了增加扬善的担当；地位的显赫不是为了孤芳自赏，而是为了率众前行；力量的强悍不是为了欺压弱小，而是为了自由地呼吸；一个人有了能量，不是为了满足私欲，而是为了承担更多的使命……"其以为，功德可以超越三界生死轮回，因为功德里面有智慧没有我执，没有我执就是超越九道轮回，接纳你心生的每个念头，无论别人如何议论都要信守。当进则进，当退则退，稳重沉静，坚忍不拔，不求私欲，亦无须仰望权贵，得势更不可欺压民众。伟大是平凡积累的，好名声是无私奉献带来的，只有一心向善，才是一个人最好的价值取向和修行。

做人应该谦逊一些，做事应当低调一些，如果一味争功好强，势必受到别人的攻击。也就是说，一个人的文化再高，高不过善良；一个人再富，富不过良知；一个人的才华再好，好不过美德。当一切浮华散尽，生活呈现出本身的质朴与平淡的时候，我们感受到的才是本真。

我们每个人来到这个世上，都被上天赋予了一样多的福报。此后的日子里，你善一分，你的福报就多一分，你恶一分，自身的福报就薄一分，若干年以后这区别就大了。所以，在我们世俗的生活中应该做到：才不可露尽，情不可用尽，财不可发尽，福不可享尽。这可谓是经验之谈、处世之道。

有的人有了财富就要炫耀，甚至为富不仁，最后被财富所埋葬，这就是他们的人生。如果没有正确的信仰，没有认识真理，就没有人能逃离这种结局。在我们的生活中，无论是才、情、财、福，都切勿过于招摇、显摆，因为那样做的结果都很糟糕。而在情感方面懂得把握分寸、善于控制尺度者，往往会有更大的成就，也更受人欢迎。

拉开人与人之间差距的往往就是不同的生活方式和认知。每个人都有自己选择的权利和取向，选择怎样的人生方向和路途，都源于自己的动机和认知，不怕别人辜负自己，就怕你自己意志不坚。世界上最悲伤的事，是既被别人辜负，又被自己耽误。归根结底，人的命运取决于选择，你可以充分发挥主观能动性，做自己的主人。

　　学习不是为了取悦别人，而是为了遇见更好的自己，不辜负年华，不辜负此生。理想与现实，进步与倒退，互为因果。正因如此，我们在今天，才拥有了一个多元化的缤纷世界。

适合自己的路，才能走得更快更远 ••••

在人生重要的转折关口，还是要学会自己拿主意，这样才能把幸福植根于自己的内心，而不是寄托于别人的看法中。其实，人生道路应该由自己决定，人云亦云者常常如同失魂落魄一般，找不到归路，甚至误入歧途。

法国作家、剧作家大仲马说过："幸福就是一双鞋，合不合适只有自己一个人知道。"这句话的内涵在于深刻地说明了人活成自己最好的模样就好，不必在意别人的看法，更不能被别人的评价牵着鼻子走。

在这个世界上，有人因为一句话，会对生活有了新的感悟；也有人会因为一句话，做一些不可思议的决定。如果别人从善意出发，提出一些建设性的意见还好，可如果遇到一些别有用心的人，伪装成一番好意的样子，实则是出一些坏事的馊主意。在这种情况之下，如果你依然按照这些人的所谓意见和建议行事的话，实在是太傻太天真了，说不定别人出卖了你，你还在由衷地感谢别人，别人把你给卖了，你还在帮别人数钱呢。

岁月告诉大家，每个人在世间的境遇各不相同，想要获得幸福，必须坚持走自己的道路。人生真正的快乐不是依附别人，也不是物质名利，而是源于自己内心的想法，你不必努力合群，亦无须仰望权威。过于在意别人对你的评价，往往会使自己陷入迷茫和疲惫，造成这种结果的根本原因，是你的内心不够强大。别人拥有的也不必羡慕，做好自己，适合自己内心需求的，才是人生最好的选项。

在我们的现实生活中，需要有一种性情，不管是群居还是独处，你都应做到从容自若、理性面对。在社会上的遭遇和因此产生的想法，只有我们自己知道，你的烦恼别人没有经历过，自然无法感同身受。如果你遇到人生的十字路口，需要做出什么影响人生方向的重大抉择的时候，不妨适当地征求一下亲人、好友的意见，但是主意必须由你自己拿，假如把选择权交给别人，把自己的前途寄托在别人的价值判断上，那就是缘木求鱼了。

人生在世，不要太在意别人的看法，要根据自身的情况和实践来做出判断。这好比上大学，你要报考什么大学，学什么专业，最主要的是看你自己的想法，而不是盲目听从父母、亲朋的意见。如果因为听了别人的建议学一个自己没有兴趣的专业，即使是当时所谓的热门专业，也会越学越累，甚至丧失进一步学习的动力。又比如，我们选择一份工作，也并不要因为别人说那个工作有前途你就去应聘。就算你真得到那份工作，倘若不是和你的职业愿景相吻合，你也只会越来越无力应对，对这份工作也会失去应有的热情。

世上的路有无数，选择适合自己的路，才能使自己走得更稳、更远。行进的路上，我们总是仰望和羡慕别人的能力，可有时一回头，会发现也许别人也在羡慕我们。我们有责任为自己的未来定好前进的方向，好好珍惜眼前拥有的一切，别辜负韶华，去尽情拥抱属于自己的生活。

　　我们在社会中行走，能找准自己的闪光点，就等于找到了真正适合自己的道路。读书是提高自己认知的最好方法之一，读书使人进步、充实，也能增加人的卓见。当你大脑知识丰富了，眼界也开阔了，格局就更大了，所有的难题都将不再是难题，而是助你向上的阶梯。

　　英国著名哲学家、散文家弗朗西斯·培根说过："有些书可浅尝辄止，有些书可囫囵吞枣，但有少量书则须细细咀嚼，慢慢消化。"意思是说，读书不能盲目、来者不拒，应当有选择，读优质、对自己有利的书籍。

　　知识是行走于世足以抵御风险的一把佩剑，读书更是一场通往成功的修行。真正聪明的人会通过读书来充实自己，愚钝的人则不然。读书之人浑身散发着一种独特的气质，所谓"腹有诗书气自华"，读书会让你成为一个会思考、懂情趣的人，也会让你离成为优秀的人更进一步。所以，人应该多读书、读好书，为未来打下基础。

读有用之书，会让我们不同凡响，也会让我们变得更加通透，也就是说，人生的高度就是你读书的厚度，知识积累多，见识也就广，你就能拥有掌控自己人生的底气。而一个不读书的人，他的认知与理解总是固化或肤浅的，常常被自己的世界所束缚着。所以，我们应该放弃无用的社交，把时间花在提升自己及读书上来，某种程度上来说，这比混饭局、搭人脉更有意义。

教书只是形式，教育才是本质。读万卷书，更要行万里路。有些人以文为业，自以为博古通今，很容易把自己的观念当作真理，频频出版一些"毁"人不倦的作品和书籍，自己不先行其言，而是大肆夸夸其谈，用自己没有验证过的理论来教训读者，但效果往往适得其反，甚至令人生厌。这样的人，大多数都是取于利而鲜于仁。

"书必择而读，人必择而交。"与智者同行，你一定会不同凡响；与高人为伍，你终会登上高峰。多看一些哲理性的书和作品，能让自己的心界、眼界得到进一步的提升。饱读圣贤之书，争做对国家有用之人。

学习让我们保持年轻，梦想让我们充满活力。努力学习能滋养我们的灵魂，能提高我们认识和改造世界的能力。人生漫长，谁不是在黑暗中艰难摸索着寻找出一丝光亮，以引领自己继续前行？心有阳光的人，必有诗和远方；心有风景的人，处处都是花香。

把自己活成一棵树

● ● ● ● ●

生活从来都是鲜花与荆棘并存，前行的路上，有时风平浪静，有时惊涛骇浪，但心中有朝阳的人，不会在狂风骤雨中迷失方向。人生之路不易，迷茫和压力贯穿我们人生的始终，别抱怨付出多，获得少，懂得吃苦的人，将来一定会有一个好的结果。

唐代中期的哲学家、思想家、文学家韩愈曾这样说过："业精于勤，荒于嬉；行成于思，毁于随。"意思是说，学业由于勤奋才能精湛，如果贪玩就会荒废；德行靠独立思考才能形成，由于因循随俗而毁掉。

在前进的路上，只有勤奋学习，才能把知识掌握得更牢固，如果整天贪玩，就会止步不前甚至退步。另外，在做任何事情之前，都要先思考、做好计划，这样才更容易成功。勤奋与努力不是为了要给别人看，也不是为了感动自己，而是为了坚定奋斗目标。顺风顺水也好，逆水行舟也罢，不达目的绝不放弃，坚持不懈地走下去，方能有长足的进步。行进路上，还要有坚定的信念——一旦建立了某种信念，就会为其克服千难万险。倘若人被信念所鼓舞，就会以乐观的态度积极进取，请相信，你的坚持终将迎来美好。

古往今来，无论你是否拥有天赋，要想成功，勤奋磨炼永远都是不可缺少的一部分。倘若人的价值观错了，即使你再聪明，也是白搭，甚至会与成功的道路背道而驰。如果我们工作中遇到了挫折，遭到了不幸，或不能尽如人意，你也得学会自我宽慰，相信上天会另有安排，山穷水尽之后，必然是柳暗花明。

我们一路走来，可说是跌宕起伏。因为我们没有那么多优越的物质基础，也没有那让人骄傲的家族荣耀，所以只能靠自己勤奋地工作。来改善自己目前的现实状况。除了刻苦学习和工作之外，我们还要谨慎交友。与勤奋的人交往，你也很难懒惰；与情绪不稳定的人在一起，你也容易变得敏感、悲观。由此可见，保持独立的思考也很重要。

"宝剑锋从磨砺出，梅花香自苦寒来。"若想做成一件事，关键就在于勤奋，在于持之以恒；而如果没有成功，很可能就是自己没有坚持，导致半途而废。其实，人生没有走不通的路，只有不想去努力的人。

世事只要你尽心尽力地去做，收获成功是早晚的事。只要你肯奋发进取，假以时日，你就如同一棵树，不但可以遮风挡雨，还可以在岁月里成为一种永恒。

　岁月的旅途充满期待，时光的流逝少留遗憾。总之，比别人多一点儿努力，就会多一份成绩；比别人多一些思考，就会少走一些弯路；比别人多一点儿勤奋，就会多一点儿收获。

文化让你的视野更开阔

· · · · ·

文化是人类发展的必然产物，也是一切社会现象与内在精神的既有、传承、创造、发展的总和。广义指人类在社会发展过程中所创造的物质财富和精神财富的总和。狭义指人类的精神生产能力和精神创造，包括一切社会意识形式：自然科学、技术科学、社会意识形态，有时又专指教育、科学、艺术等方面的知识与设施。

当代作家余秋雨曾经说过："人若不以文化群峰作为背景，就是一种无觉无明、平庸卑琐的生理存在。"只有当我们始终保持对文化的追逐之心时，你才会拥有一腔热血和不断扩大的视野。

政治、外交、经济、科教、艺术以及人们的各种社交，都离不开文化知识的渗透和支撑。

当今世界文化知识发展，已经到了相当发达的程度，所有的文化和知识的演变，都在高速运行。文化属性是精神认知范畴，但它对物质世界的发展能够起着积极的推动作用。人类掌握的文化知识越多，视野也就越宽广，对自己发展也就越有推动作用。人类在社会实践中获得了文化知识和经验，经验和文化知识相结合形成了理论，理论又反作用于科学实践，如此往复循环，才推动了社会历史不断地向前迈进。可以说，文化活动贯穿于人类发展的始终。

世间的任何事物都是相对而言的，很多时候我们急于抵达目标，但现实往往是欲速则不达，而且离目标越来越远；越是情绪失控，路走得就越慢。除了上述原因之外，我们还缺少了什么？或许缺乏经验，或许是智慧不足。其实，经验和智慧都来自文化知识，当你有了文化知识，就不会盲目，盲目和无知是导致失败的根本原因。也许是选择的机会和方向错了，有道是，愚者错失机会，智者善抓机会，强者创造机会。机会总是留给有知识、有智慧、有准备的人，而方向决定了你的成与败。

知识改变命运，认知改变未来。人生之路总会有拐点，仿佛源于偶然，实则必然。所谓"读万卷书，行万里路"，读书是掌握文化知识最有效、最快捷的方式，也是提升自己智慧的法宝。一个人倘若为物质欲望所累，思想背负太多，就会不堪重负，止步不前，唯有补充文化知识，生活才更有意义，才有可能创造美好的未来。

生活里的情趣，离不开对文化的追求，文化可以让平淡又枯燥的生活弹出抑扬顿挫的旋律。因此，学习文化知识，提升自己的品位至关重要。其实，人与人最大的不同，不在于聪明愚笨、富贵贫贱，而在于文化素质，而要提高文化素质，就要真正做到知行合一，这是一个循序渐进的过程。有时候，迷茫和压力贯穿我们人生的每个阶段，并随着年龄的增加不断叠加，当我们想要选择放弃的时候，应当扪心自问，当初是什么力量让自己坚持到了现在。

知人者智，自知者明。人凭文化与外界进行不同层次的沟通，并通过文化进一步了解自己。可以这样说，一个人身上美好的气质，金钱是买不来的，它是在日积月累中用文化知识慢慢熏陶出来的。所以，要想成为一个有思想觉悟、有文化修养的人，就应当用知识武装自己，守住自己的精神园地，保持自己的个性尊严，成就一个更好的自己。

安静是一种境界

我们在喧嚣的人群里匆匆地行走，难免会遭受挫折，历尽千帆后，才明白守一片宁静，携一份淡然，无惧世界纷扰是多么重要。安静其实是一种境界，它摆脱了外界对名利权力的诱惑，悟懂了纷繁尘世的牵绊，放下了世俗的纠缠，成就了自己内心世界的一种丰盈。明白这些道理的人，不仅要让自己活出一个率性豁达的自我，一种明月入怀的达观，还会使自己拥有一份遇事转弯的心境。

当代著名学者、作家周国平在散文集中有这么一句话："人生最好的境界是丰富的安静。"原意是说，一个人内心充盈、恬淡自适，能够摆脱外界虚名浮利的诱惑，看开纷繁尘世的牵绊，放下生活苦与累的纠缠。这种状态并不是静止的，而是像湖泊一样流转着，但是湖的深邃使得湖面寂静如镜。

经验告诉我们，真正的愉悦和安宁，不是来自外界的看法和态度，而是应该源于自我的接纳和肯定。人总是要有一点儿自我精神，生活是自己的，不要在别人的议论中放弃梦想，相信自己才是人生的作者，不必将剧本写得那么苦不堪言。我们只有修一颗静心，才能冷眼旁观人与人之间存在的问题，才能跳出世俗的眼光，更好地干一番自己喜欢的事业。

在当下这个浮躁的社会里，大家都在努力地"内卷"：金钱、地位、房子、车子……结果在心烦意乱中慌不择路。这时，我们不如保持静默，拭去心灵的浮躁，也许出路就在面前。有识之士认为，做人要像一朵倔强的花朵，开在生命的旅途中，不管何时、何地、何境，都要保持一颗宁静的心，一种美好生活的状态。静是一种品格，可以抚平人的浮躁。懂得的人都知道，山不解释自己的高度，并不影响它耸立云端；海不解释自己的深度，并不影响它容纳百川；地不解释自己的厚度，但没有谁能取代它承载万物的地位。人要活出自我的感觉来，懂得的人无须解释，不懂的人更是不必为其解释。

人的成熟多半是从拥有一份淡然的心境开始的。古代的圣贤遇到再大的事，也不会慌乱于心；无论面对什么突发状况，都不会惊慌失措，总能泰然处之、沉着应对，其实他们都懂得"静坐观心，真妄毕现"之道；懂得在不浮躁的背后，是一颗沉静下来的心，是于独处时光里回归自我、充实自己的一种智慧。

聪明的我们都知道，唯有灵魂安静的时候，才是贴近自己最好的时候。生活是自己的，你想怎么过就怎么过，永远都不需要听任何人摆布，不需要把自己框在固定的架子里，不需要跟无关紧要的人多费口舌，不需要妄自菲薄，更不必为迎合他人而委屈了自己。与其忙着凑热闹，赶着随大流，不如给自己的心灵留出一片静谧之地，在安静之中，感受热闹背后广袤无垠的世界。

　　静心，不是远离红尘，而是于灵魂深处修篱种菊，在心中寻求淡泊宁静的人生境界，悄然积蓄生命的力量。内心自信的宁静，不是两耳不闻窗外事，而是掌天下事而有清醒的认知，在时代的浪潮里游刃有余。在这世上，我们还有许多绚烂的花朵没有来得及欣赏，还有一路的莺歌燕舞没有好好欣赏，往后将心放在让自己开心的事情上，岁月也将会对我们温柔以待。

一个健全的心态，比一百种智慧更有力量 ●●●●

很多时候，我们看不透生活的真谛，只因我们被浮云遮蔽了双眼。倘若陷入困境，不如换个角度想想，自然会柳暗花明。也就是说，人生之路充满逆境，只要心明，知道自己的处境，知道自己该干什么，保持一颗乐观的心，逆境就会变成顺境。生活好比一片海，涌上来的是希望，退下去的是悲伤，以往的艰辛都没将你打败，还怕什么来日山高水长。

英国作家查尔斯·狄更斯说："一个健全的心态比一百种智慧更有力量。"因此，想要获得真正的快乐和终身的幸福，我们必须把各种不健康的心态统统赶出我们的脑子，选择正确而积极的心态，踏实的感悟才会与我们常伴。

人生路上，没有过不去的坎，只有蹚不过的心河，趁早解开心中的纠结，让心沉静，一

162

切都会变得美好。假如你着眼于生活中的不如意，那便注定总是唉声叹气；假如你着眼于生命中的惊喜，那你注定会充满欢声笑语。所有励志的道理其实都可以总结为一句话，那就是"只要我们真的努力了，就会有收获"。而所有努力的秘诀又可以归结为另一句话——调整心态，踏踏实实，尽心尽力。总而言之，心宽之人，从不纠结愁闷之事，喜欢将一切看作人生中的考验，以积极的心态去面对，微笑前行。

在我们这个社会里，很多人都在追求一个完满的人生，然而却是很难实现的。化梦想为现实的道路，是一个人勤勤恳恳、一步一个脚印闯荡的过程。梦想自然不能少，但务实的精神更不可丢。成功没有捷径，它需要脚踏实地地去践行自己的梦想。所以我们要摒弃不切实际的幻想，树立一个健全的认知。而良好的心态是需要百般修炼的，心态往往和一个人的人生观、价值观紧密相连，而对情绪和心情影响最大的无非就是得失。但就主观方面来讲，心态失衡实际上是自身缺乏足以抵御外界冲击的精神铠甲。而精神的铠甲正是我们追求的目标和信仰，也是我们追求理想的健康心态。

这世上，没有谁能左右一切，只有自己能左右自己的心态。世间的任何事物都是相对而言的，也就是有得必有失，放下即拥有。很多时候，我们遇事总是喜欢钻牛角尖，把自己逼到死胡同里，但其实换一种心境，一切问题都能迎刃而解。如果你不能控制周边的环境，那就调整一下自己的心态，如果你不能延长生命的长度，那就拓展生命的宽度。

在生活中，如果我们跌倒一次就丧失了人生的信念，失去了积极的心态，那么人生就会从此消极下去，未来皆是满天的乌云和驱不散的阴霾。这世间纷扰，混沌蒙心，看清楚了就不要执着于不属于你的东西；不要对过去的事纠缠不放，学会调节自我的内心，多肯定自己、欣赏自己，提升自己的价值，以减少不必要的精神压力。既然一切都是虚妄，又何必执着太多而丢失最宝贵的健康和快乐？

境界是灵魂的高度，而不是拥有多少财富，追逐太多只会身心疲惫。幸福来自心灵的富足，快乐来自精神的富有，最重要的是有一颗会为自己制造快乐的心，有一个会释放压力的心态，这是一种很可贵的精神。凡事乐观面对，就没有跨不过的坎，坚持点亮一盏心灯，一切都会豁然开朗。

人生如逆旅，我亦是行人

人生就像是一条并不平坦的大路，我们只不过都是这条路上的行人，尽管艰辛，但仍要承受。面对生活中出现的各种状况，我们必须端正思想、摆正心态，找准自己的方向，凝聚力量，以完成自身的使命。

北宋文学家苏轼说："人生如逆旅，我亦是行人。"可见，人的一生就是不断挑战自己、磨炼自己的过程。这个过程并不像旅行那样轻松，而是需要投入大量的精力，拥有相当的勇气，才能到达胜利的彼岸。

有识之士认为，既然我们都是天地间的匆匆过客，又何必计较眼前的喜怒哀愁。如果时光可以倒流，很多人想做的只是过好当下那一刻，因为迷茫和压力贯穿人生的每个阶段，并随着时间的推移不断叠加。不一样的是，有人自甘沉沦，有人成为更好的自己，所以无论发生什么事情，请以淡然的心面对，看淡世事沧桑，一切都会随时间过去。

在追求人生理想和目标上，逆行的过程犹如品尝苦涩，但是当真正跳出舒适圈，完成属于自己的一段旅程时，一定会是喜悦的。纵观世事，人生确实不易，谁不是打碎了牙往肚子里咽？谁不是强忍泪水继续前行？无论你已经走了多远的路，都别忘了告诉自己不能轻易放弃，应当振作精神，逆流而上，相信生活的一大乐趣，便是完成别人认为你不能做到的事情。

人生确实如逆旅，每个人在行走中都不可避免地会遇到挫折，但是我们要坚定信念，勇往直前。生活中，尤其是在与人交往时，别和他人较真，因为不值得；也别和自己较真，因为伤不起。一个人能了解别人是聪明，但能够认识自己，才是真正有智慧。低调不是停止奋发，更不是为了躺平，而是蓄势待发，奋力拼搏。

真正有大智慧的人，必定是低调的人。成长是给生命做"加法"，而成熟是要给人生做"减法"。与人狭路相逢时侧身而过，是做人的德行。做人不应该有"春风得意马蹄疾"的骄傲，更不应该有"一叶浮萍归何处"的沮丧，只有努力奋进，默默耕耘出自己的一片天地，才能不负年华。

生活好比一个水缸，能储存的水有限，若不舍弃一些废水，就装不进新的水源。很多人为了拓宽自己的人脉，宁愿取悦这个世界而扭曲自己，也要挤进别人的圈子里，殊不知人脉往往是建立在个人实力的基础上的。其实，与人交往的先决条件应该是心灵上的默契，是灵魂的契合。

每个人都在旅途中奋斗和探寻，人生短暂而珍贵，我们应该砥砺前行，不畏风雨，不忘初心。做人如此，交友亦是如此，若能如此，便不枉此生之旅。

第五辑

放下无谓的负累　成就最好的余生

人生好似长途旅行，亦是一场心灵的修行，途中让感觉贴近随行，由此体悟人生最曼妙的风景。保持宁静而淡泊的心境，选择自己喜欢的路，就找准了正确的路，就如花不会因别人的赞美而绽放，我们的人生亦如此。

作家毕淑敏曾说过这样一句话："我们的生命，不是因为讨别人喜欢而存在的。"我们总是喜欢去点缀别人的风景，仰望别人的天空，而忽略了自己内心想要的，好像自己的快乐和一举一动，都要迎合别人的目光。实际上，我们不过是别人生命里的过客，转瞬便被遗忘了。因此，不用太在意别人的目光，而应遵从自己的内心。

生活之苦，苦于纠结。只有遇事不纠结，敢于选择和面对，才是解决问题的关键。因为你越放不下什么，什么就越会刺痛你。所以，日子过得再不好，也不要逢人就说，而应积极向上，努力改变，相信没有翻不过的山，只有害怕辛苦的人。倘若命运有了别的安排，那更要抬头挺胸向前看，热情拥抱新生活。

　　人生在世其实就是一场修行，修的是自己的认知。自信不是一种天赋，而是一种能力，是一种洞悉了世界真相之后的淡定与从容。别人拥有的不必羡慕，自己付出努力，时间终会给你答案，要知道，战胜自己的人才是真正的强者。激情都会被岁月消磨，但一颗自信、积极的心却能永恒发光。

　　君子爱财取之有道。君子也食人间烟火，物质财富可以维持生活，可以增加底气，还可以拿来报答有恩于你的人，做许多有意义的事。挣钱我们并不反对，但很多人为了利益突破底线，不择手段，或是幻想一夜暴富而急功近利，这就会带来严重的后果。利益是一个人的试金石，只有不被权钱蒙蔽双眼的人，才有资格驾驭更多的财富，正所谓"千金不传无义子，万财不渡忘恩人"。心里充满阳光的人，无论外界如何烟雨迷蒙，终能散发耀眼的光芒。

　　这个世界上真正在乎你的人，不需要你讨好，讨好来的，也不会被人珍惜；不要看别人的眼色行事，因为生活是你自己的；不要跟三观不一致的人争执，毕竟一辈子很短，怎么开心就怎么来。上天只给了我们短暂几十年，过得幸福，你就赚了，不幸福，你就赔了。说到底，人最终能够安然栖居的是自信的灵魂。

灵魂丰盈，才能舒适安然

岁月匆匆，人生如梦。人们行过许多路程，才会逐渐明白生活的本质：生命的真谛不在于外界的浮华，而在于心灵的自由；活在纷扰的人世间，删繁就简，才能轻松自在、灵魂丰盈；不必仰望别人，多给自己留点儿时间，才能慢慢地欣赏人生的风景。

人生一世，草木一秋。人到中年，经历许多，也收获许多，但对后半生来说，适当地去除一些是是非非，才是最好的生活方式。一路上磕磕绊绊，艰辛不断，我们所要做的，是在困境中获取教训和经验，把世事沧桑化为风轻云淡，坦然面对一切沟沟坎坎。

每个人刚出生的时候没有什么区别，都是哭着来到这个世界上，可若干年以后就不一样了。在这个世界上真正无私地爱你并且不求回报的，大概就只有父母了。所以，在生活中，我们一定要以慈悲之心待人，以谦卑之心待己，面对他人的偏见不必生气，与其在他人的眼光中生活，不如现在就奋发努力，成功之路其实就在你的脚下。

人生最重要的事，不是在别人的眼中寻找自己的影子，而是从容地做自己，无论是爱自己，还是提升自己，只要遵守道德规范，就应该认真地去践行。如此，就会收获一个更愉快的人生。做人应该从从容容、坦坦荡荡、诚诚恳恳，与其戴着假面具做人，为难自己，不如开心过好每一天；与其嫉妒别人，不如欣赏自己的长处，把更多的沉淀留给自己，只有这样，才能实现你的价值。说白了，人生的成与败，很大程度上是由自己决定的，学会坚守，才能让自己越来越优秀。

引路靠贵人，走路靠自己。人生的奔跑不在于瞬间的爆发，而在于持续的定力，在行进路上，要学会尊重、感恩和自我鼓励。即使累了，也不要轻易停下脚步，因为我们追寻的不仅是一个机会，更是一份希望和梦想。

含着眼泪也要向前奔跑

在我们这个世界上做人容易，但是做一个每天都快乐的人却不然。生活看似平坦，实则藏着玄机，因为人生在世不可能每件事尽如人意，所以，凡事不必追求圆满，月盈则亏，水满则溢，抱残守缺，才是聪明的人。可以这样说，心若平和，人生就美好了；心若知足，人生就幸福了；心若快乐，人生就美满了，一切的喜怒哀乐，都源于内心。

德国著名哲学家、思想家弗里德里希·威廉·尼采曾说过："每一个不曾起舞的日子，都是对生命的辜负。"一个人知道自己为什么而活，就可以忍受任何一种生活。其实人跟树是一样的，越是向往高处的阳光，它的根就越要伸进黑暗的地底。也就是说，每个人都应该明确自己的目标，并且为之不断奋斗，充分利用好自己的每一天，明白通往成功的道路必定充满荆棘，要想达成最大的成就，就必须经历最大的磨难。既然如此，为何不让自己的生命跳起舞来？哪怕是戴着枷锁，你也可以起舞，摇晃的声音就当是伴奏的音乐。

其实，每个人都有难言之苦，人生就是这样得失无常，与其重拾曾经残缺的美丽，不如放眼还在路上的风景。当你足以包容生活中所有的不快，专注于自身的责任而不是利益时，你就站在了精神的最高处。

真情是我们的宝藏，是取之不尽、用之不竭的力量源泉。在我们的生活中，很多时候困扰我们的不是外界，而是自己的内心。在行进的道路上，我们对待朋友，可淡无心机、坦然宽厚，对待事物可随心而为、自得其乐。其实，人生到了一定的阶段就会明白，能让一个人真正好起来的，不是生活本身，而是我们自己。

生活中的我们风光无限好，那就更应胸怀壮志。老当益壮，穷且益坚，激励了许多人坚持到底，为理想而奋斗。一个人如果始终如一，坚守锲而不舍的精神和信念，那是因为他有远大的志向。除此之外，他还不肯轻易暴露内心的脆弱，学会承受一切，更不愿虚度每一天的时光。

这一路走来，谁都会觉得辛苦、疲惫、辛酸，唯一靠得住的就是自己，只要不放弃，就没有什么能让自己退缩；只要够坚强，就没有什么能把自己打垮。纵使我们无人相助，也要努力坚强，要相信所谓的成功，不过就是坚持的结果；要明白，强者不是没有眼泪，而是可以含着眼泪向前奔跑。

人生注定是一场坎坷的旅途，途中难免有低谷和高峰，有失意和得意，这需要我们忍得住难，容得下人，舍得了利。如此这般，才能修炼一种好心境，培养一种大格局，领悟人生的真谛，在跋涉的路途中走得更远。

所有的遇见都是缘分

· · · ·

　　有人说，生命就是一张有去无回的单程票，没有无缘无故的遇见，也没有毫无意义的出现。因此，不管我们走到生命的哪个阶段，都应完成现在该做的事。

　　释迦牟尼说过一句话："无论你遇见谁，他都是你生命该出现的人，绝非偶然，他一定会教会你一些什么。"世间所有的相遇，其实都是久别重逢，前世有缘由，今生才碰面，用"天意"二字即可概括。

　　慈悲的人不喜欢斗气，守道之人不喜欢争抢。欣赏别人是一种境界，善待别人是一种胸怀。诚然，每个人在一生当中都会遇见很多人，错过很多人，会经历很多事，也不可避免有很多遗憾。人的一生中也会遇到很多伤心的事，心胸放宽一点儿，也许就能找回最简单的快乐和内心的安宁。

　　世界纷繁、复杂多变，每个人都会面临种种诱惑，也因此，每个人都无时不在接受人性的考验。善良是人性中最璀璨的光芒，它包含了对生命的仁慈与悲悯、宽恕与救赎，在某种境遇下，善良还包含隐忍与拒绝。有人在诱惑面前轰然倒塌，失去了本该恪守的品格，也有人在诱惑面前坚如磐石，不论世道如何，他们都是非分明，圣徒般地坚守圣地，绝不突破良知的底线。

　　所谓心里有阳光，眼前就是鲜花和丽日；心里有阴影，眼前就是荆棘和阴雨。我们行走在茫茫人海中，要懂得静而不争，更要学会万般随缘。生命中的许多事情其实早已注定，而那些在危难中不离不弃的人才是最真挚的朋友，至于那些落井下石、见风使舵的人，对其不必愤怒，更不要耿耿于怀，而要学会放下。

　　岁月就像是一条河流，不管是高山还是低谷，白天或是黑夜，都不能减缓它流淌的速度。所以，人生不必抱怨，也不必遗憾，既然一切都是注定，那就抱着"得之我幸，失之我命"的心态就好，仅此而已。

婚姻需要共同经营

● ● ● ●

　　婚姻没有理所当然，幸福的关系都需要界限，唯有管好自己，守住伴侣在自己心里的位置，拒绝一切诱惑和冲动，才能处处看到幸福的花朵，享受甜蜜的时光。如果想要和最爱的人走到最后，就要在争吵时懂得适度退让，在得到爱情后，依旧好好珍惜，好好感恩。

　　卡蓬神父曾说："忠贞的誓言是荒谬的许诺，但却是婚姻的核心。"在通往婚姻的路上，互相都曾许下海誓山盟的承诺，都曾发誓此生只爱对方一人，可这些华丽誓言的背后究竟是真情流露，还是对方的烟幕弹呢？我们很难确定，虽然这些话让人听起来倍感舒心，可一旦情况反转，带来的杀伤力也非常大。为了检验这些誓言的真伪，婚前的了解必不可少，而在了解的过程中如何探究对方真实的为人才是我们关注的重点。一旦发现任何不好的苗头，我们应该清醒地予以止损，如果依旧沉迷在昔日甜蜜的誓言中，终将要为自己的一厢情愿买单。

百年修得同船渡，千年修得共枕眠。夫妻在家庭生活中各司其职，各有各的辛劳，各有各的不易，当你能体会到对方的难处时，就会把抱怨咽在肚子里，忍一忍，让一让，婚姻就是蓝天碧水，海阔天空。

信任是婚姻的基石，猜疑是感情的大敌。夫妻双方一旦猜疑多了，就算没事，也会无端地生出事来。当你摆出信任的姿态时，夫妻之间的隔阂自然就会烟消云散了。婚姻离不开爱，但不能只有爱，夫妻之间更需要付出十二分真心，而关爱正是使感情绵绵不绝的最佳方式。

在日常的生活中，夫妻之间难免有小磕小碰，相互摩擦也很正常；忌讳的是，夫妻双方各自站在自己的角度盲目指责对方，永无休止地抱怨对方，只会降低婚姻生活的质量。因此大家应该适时地让步，减少生活中不必要的烦恼。

尊重是人与人交往的底线，如若没有尊重，两人的关系也不会长久。每个人都是独立的个体，感情再好也应该给对方留有空间。对方的兴趣爱好，应理解支持，家庭大事一起商量解决，不要窥探对方的隐私。只有尊重对方，才能获得对方尊重，婚姻才可以长久。

在外奔波也好，劳心家务也罢，一句鼓励的话，就能让所有的疲倦化为笑靥。婚姻需要维系，更需要用心经营。

婚姻本就是一场因果轮回，只有用心种下了责任的因，才能在日后结出幸福的果；只有在婚姻中不断成长，才能在岁月的流逝中，收获幸福的生活；也只有夫妻共同经营，才能让彼此的爱意愈加深厚，不惧风霜侵蚀。

‥‥
‥

人生不如意之事十有八九，不可能什么事情都随心所欲。生而为人，要常怀一颗感恩之心，既然遇见了，便要好好珍惜。

你开心地活着，这一天对于你来说，就是幸福；你痛苦地过着，这一天对于你来说，就是折磨。你这一天努力了，就是充实的一天，当你回头的时候，就不觉得这一天白过了。开心也好，努力也罢，仅仅是个人的选择而已。

很多人都是如此，在当下，总觉得从前或者未来才是好的，可等到当下成了往事，回头再看，这何尝不是一段美好的经历。其实，最美的不是风景，而是自己的心情。因为人生最难得的是好心态，有些东西失去了就不要执着，就把这些看成本来就不属于你的，并相信属于你的终究会拥有。

人生最宝贵的就是拥有一颗平常心，远离混沌，平静如水，不为世间五色所惑，不被人生百味所迷，当你看淡得失，无惧成败的时候，反倒顺风顺水，遇难成祥。在我们摆脱世俗欲望的捆绑之后，你反而会得到最单纯的欢乐。一切烦恼皆由心生，你觉得世界太复杂，是因为你想得太复杂，你简单了世界就变得简单了。所以，不必让生活太拥挤，无论是对事还是对物，都要养成定期清理的习惯，如此，才能活得自在和清净。

　　人人皆是光阴的过客，出来谋生挺不容易，别拿自己的标准衡量别人，别用自己的眼光审视他人，也永远不要苛求别人都能理解自己，更不要让自己活在别人的期待里。你就是你，就是独一无二的自己，别人能否懂你不重要，重要的是你坚持活出自己。人总得变得不再依赖别人，学着自己去化解内心的阴郁，这便是成熟。胸襟宽广、大度容人，和自己和解，和他人和解，你才能和这个世界温暖相拥。

　　人生万象，各有悲欢，生命的真谛不在于外界的浮华，而在于心灵的自由。学会看淡得失，当名利来去再也不能惊扰内心的安宁时，你就站在了灵魂的最高处。

　　人生似梦，名利如烟。其实，人生有许多东西是可以放下的，只有放得下，才能拿得起。尽量简化你的生活，你会发现，那些平时被忽略的才是最美的风景。

磨难是成功的基石

....

人到中年以后，韶华易逝、光阴易老的惆怅总会不经意间涌上心头。尤其是在年终将至，回首过往，事业难成，念及将来，又恐老之将至……

我们总有机会从头开始，即便年华老去，即便身处逆境，即便命运会无情地戏弄、折磨，强迫你在生命历程中虚度年华，那又何妨？人一辈子只活一回，毕竟人生路长，坎坎坷坷才是原貌，跌跌撞撞之后才能继续前行。

唐代诗人孟浩然曾这样写道："白发催年老，青阳逼岁除。"时光流逝一去不复返，不知不觉中，人生已经过半，经过时间的洗礼，我们变得智慧而清醒，成熟而稳重。我们见过许多人，走过许多路，才逐渐明白了生活的本质。

我们总是劝诫人们要珍惜光阴，然而在时

光的洪流中，有多少人在错失了"花开堪折直须折"的少年时光后，在"老大徒伤悲"中叹息"万事到头都是梦，休休。明日黄花蝶也愁"。

事业需要攀缘，播种总会有硕果，总结失败的经验，总有成功的时候。其实，人生就是一个不断沉淀和总结的过程，我们每一步路都不会白走。即便是失败的结局，也算是有了经验积累，吸取教训，反省自己，醒悟之后做出改变，才是最好的选择。

这个世界上没有什么事情是容易的，唯有能够吃苦，才能最终成就一番事业。如果半点儿挫折也受不了，半点儿苦也吃不了，那么他注定难成大器。人生重在醒悟，只有不断自省，不断自我改变，才能遇见更好的自己。

在每一个人的人生旅途中，都会有许多不可避免的遭遇，或勇于面对，或仓皇逃离，全在自己的选择。拼搏的路上无疑是辛苦的，可如果不拼搏，就不会成功，更无法知道生命将会绽放出怎样的花朵。

山一程水一路，风风雨雨又一程。半生已过的我们，如今才真正知道磨难是人生的催化剂，是垫脚石，是营养，是一笔不可多得的财富。只有自己不放弃希望，别人才有机会去拉我们一把，上天才会将机遇赐予我们。只要脚步足够坚定，终有一天，泥泞之路也会被踏成坦途。

笑看风云淡，坐对云起时。人生一世，即使命运多舛，我们也要有信心，相信阳光总在风雨后；同时也要相信，是金子总会发光的，因为苍天不会亏待每一个含泪奔跑的人，更不会辜负每一颗追逐梦想的心。只要我们迎难而上，持之以恒，就一定能叩响成功的大门。

善良是文明最好的标志

●
●
●
●

　　善良就是与人为善，心有善念便会给别人和自己带来快乐。即使世事纷杂、物欲充斥，我们依然应不忘初心，坚持与善良同行，因为善良不仅可以修炼自己，还可以感染他人，让世界变得更加美好。所以，我们要多存善心，多行善良之举。

　　众所周知，善良与贫富无关，与学识无关，它存在于每个心存善念的普通人当中，这些人之所以能与人和谐相处，皆因善良人性的驱使。

　　法国启蒙思想家卢梭曾说过："善良的行为有一种好处，就是使人的灵魂变得高尚了，并且使它可以做出更美好的行为。"与善良的人为友,他的心是宽大、包容、平和的。相比聪明的人，我们更愿意与善良的人交友。聪明是一种天赋，而善良是一种选择。有时候，善良比聪明更难。

在我们的生活当中，有的人喜欢挖空心思，时时刻刻地算计别人，结果连自己的人生也毁了；而有的人喜欢帮助别人，时时事事都为别人着想，最终换来了美好顺遂的人生。既要对自己负责，也要对别人负责。因为你所做的每一件事情，说的每一句话，都可能给你的人生产生重要的影响。

曾几何时，善良是一个人人都有的品质，但如今，有时善良的人反而被别人冤枉，甚至付出不小的代价……然而，不要因为自己做了善事没有得到回馈，就道善恶颠倒。其实，你做的每一件善事，都是在为自己积累福气，最终全部都会归还于你。而作恶的人，不要因为自己能够逃避一时的惩罚，就沾沾自喜。其实，上天看得一清二楚，总有一天，恶人会为自己做的恶事而付出代价。

在这世上，公道自在天地间，邪永远斗不过正，恶永远斗不过善。人应当有一颗善心，但善的底线是正义，没有底线就是没有原则，当善良失去原则，就必然助长恶，纵容恶就是对正义的亵渎。生活中很多事情表明，如果你想要得到自己想要的结果，就一定要三思而后行，一旦开始，结局就已经注定，无论好与坏，都要承担相应的后果。也就是说，人在做天在看，善恶终有报。

做人的最高境界就是善，就像水的品性一样，造福万物而不争名利；人生最大的福气，就是拥有一颗善良的心，去帮助需要帮助的人，最终得到善良的福报。

厚德笃行，立己树人

厚德载物，上善若水，德厚之人必定心存善念。人的福气不是随便得来的，而是靠自己后天去积累德行、努力修己得来的。

人生起伏不定，而且千变万化，再好的机遇，再厉害的技巧，都敌不过天道的铁律，唯有高尚的品德，才能担得起财富、权势、声望这些福报，行善积德，就是培植自己的福报。

《周易》里说："德不配位，必有灾殃。"意思就是说，一个人的品行以及自身修养要和自己所处的位置相匹配。如果品行不怎么好而占据了很重要的位置，肯定会身受其累，继而会引来灾祸。

在当今的社会中，一部分人把名声看得很重要，认为有了名声，就有了影响力，也就会被大家所尊崇。所以，有人为了名声、地位，不惜去做一些昧着良心的事。这样的人即便是一时换来了地位和财富，但德不配位，最终还是会失去一切。人的财富不可大于自己的功德，否则便是投机取巧，不劳而获，这样的人必会透支自己的积累，消耗自己的福报，灾难自然而然就来了。

人只有行善积德，才有长久的影响力。当一个人心中只有善念的时候，一切尘世间的浮华光景早已远去，只剩一个平等和应该尊重的灵魂。

信念是照亮前行的一盏明灯

·
·
·
·

　　先贤们的絮语倾注着真情，他们坦诚而平易自然的论述，叩开了人们的心智之门；他们用善良之理念，引导人们坚守道德底线。守住底线，就能守住我们的人生，守住我们的未来。

　　信念是消灭魔咒的利器，智慧与信念缺一不可，否则即使成功，也是昙花一现。德国哲学家、心理学家赫尔巴特指出："道德遍地被认为是人类的最高目的，因此也是教育的最高目的。"道德是人的本能，更是后天养成的合乎行为规范的准则，它是社会生活环境中的意识形态之一，是做人做事的底线；它要求我们且帮助我们，在生活中自觉地约束自己。

　　在社会发展中，由于生活的环境不同，人的天赋也各不相同，但只要每个人各施其才，各尽所能，沿着正确的方向努力前行，勇敢地承担起社会的责任即可。而这一切都要以美德为引导，一个人的地位越高，意味着责任越大，对其道德修养的要求也越高。

在人生路上，每个人都希望能有指路人给予一两句箴言，指引自己前进。其实，人生的很多智慧就藏在我们生活的点点滴滴之中，引导我们积极进取，创造美好未来。

懂得谦卑的人虚怀若谷，能包容、接纳、帮助别人，这种人走到哪里都受欢迎，就像磁铁一样，不断吸引来好的资源和人脉，也为自己的明天创造更好的环境和机遇。

内心有光的人不仅在生活中充满正能量，而且能够实现生命的最大价值，更能为社会输送阳光。

道德与法律的天平

·····

　　林肯曾说:"法律是显露的道德,道德是隐藏的法律。"法律与道德是两种不同的行为规范。道德适用的范围比法律广,而非道德所能约束的,只能由法律来调整。法律本身包含着道德的部分特征,比如调整人的行为、有约束力等。之所以用显露这个词,是因为法律相对于道德来讲比较具体:由国家颁布并且有强制力保障实施、用书面的形式记载等。而道德往往是笼统模糊的,大多存在于一个社会的习惯之中。

　　我们通常讲的道德是指人们应遵循的行为原则和标准。道德的定义,可以概括为以善恶为标准,人们处理个人与个人、个人与社会各种关系的一种特殊的行为规范。所以法律与道德相互配合,相互补充,共同发挥作用。

　　正义是法的追求与归宿。正义包括惩恶扬

善、是非分明、处事公道、态度公允等内容。可见正义不仅是法之源，更是法的最高境界，恰当的正义之举具有超越法律的威力。

在现实生活中，人们受到法律的制约，因此大家都自觉规范自己的行为。实际上，不需要过分强调法律，那些道德败坏的人自会有报应，而持守善心的人，就算没有法律的制约，同样能洁身自好、奋发向上。只有遵纪守法、有道德底线的人，才能走得更远。

儒家思想是劝学、劝善的智慧宝典，是经过百般锤炼的精华，引导我们树立积极向上的世界观和价值观。

中国春秋末期伟大的思想家和教育家，儒家学派的创始人孔子曾言："与善人居，如入芝兰之室，久而不闻其香，即与之化矣。"大意是说，与品德高尚的人交往，就好像进入了摆满芝兰花的房间，久而久之就闻不到兰花的香味了，这是因为自己和香味融为一体了。

人与人之间互相理解并不容易，观念差异大的人则更难互相理解。人的一生中会遇见很多难以相处的人，如果一味纠缠，除了影响心情，还可能给自己带来伤害，所以，洒脱地放下也是一种智慧。朋友不在多，而在于精。

人生就像一列行驶的列车，中途陆续有人

上车，也有人下车，你会遇到形形色色的人，有的人只是和你擦肩而过，有的人会短暂地停留，也有人会陪你一直到终点。当有人需要下车的时候，你可以目送他的背影逐渐消失，但不必去追，因为分别不会让你们渐行渐远，而三观才是你们之间的距离的决定因素。

近朱者赤，近墨者黑。同道的朋友，往往无关利益，无关贵贱，只是心灵的默契、性情的相投。而与妒贤嫉能、心胸狭隘的小人在一起，你会处处中招，关键时刻还会被出卖，这种小人理当遭到人们的唾弃。因为底线是我们做人的尊严，为人的骨气，更是一个人的高贵品格。

与积极的人为友，无论何时你都会保持自己的本色，始终在人生的风雨中历练自己，让内心更强大；与正能量的人在一起，你会每日反躬自省，奋力追赶；与正直的人在一起，你会不断提升自己，从而站得更高、看得更远……正所谓"心不死则道不生，欲不灭则道不存"，经不住追问的人生，终究是一抔新土。

做一个生活的智者

●●●●●

　　追求理想，从而为社会贡献出一份力量，才能体现自己的价值，如此追索，方能实现自我价值。诚然，追求人生目标不仅是为了个人的功利和世俗意义上的成功，还是为了推动社会的发展。

　　战国时期思想家、教育家孟子说过："穷则独善其身，达则兼善天下。"他告诉我们，当自己还处于穷困的时候，要思考如何让自己保持高尚的节操以及提升自己的修养，一旦发达了，就要想着去帮助更多需要帮助的人，这样将来才能通达四方，从而为天下人尽力。这句话被无数的读书人作为信条，并且其思想也融入了很多文人墨客的灵魂。

　　现代社会的节奏越来越快，很多人开始耐不住性子，希望可以走捷径，以求更快抵达理想的彼岸。殊不知,上天赐予的礼物都在暗中标好了价格,那些投机取巧省下的力气,早晚都要一分不剩地还回去的。所以,不要沮丧自己走得慢,一步一个脚印,只要横下心来,继续努力,早晚可以实现自己的目标和理想。人生路漫漫,喜忧各相伴。其实人生就是这样,经过一路风霜雨雪的考验,一路收获岁月赐予的美好,一路品尝生活的五味杂陈,一路感受生命的多姿多彩。

珍爱时间,让生命活出精彩。真正的智者,不屑于向外界大肆宣扬,能洞察一切却不被矛盾束缚,不被欲望捆绑,而是带上自己的勇气和自强不息的信念,勇敢地去走脚下的路。有一颗强大的内心,即使身处逆境,也不会畏惧。无论何时何地,我们都要充满希望:它是一盏不灭的灯,总会照亮我们的前程;它是一种永恒的信仰,总会使我们到达诗和远方。

面对种种社会道德现状,我们不能坐而论道,而是要行动起来,身体力行,在困难中历练自己,奋发向前。

万世乾坤,正道沧桑。修德永远只是开始,天道处处彰显思想的光芒,引领众生进入智慧之境。

善良是一颗美丽的种子

●
●
●
●

　　积德行善，人必从之。老天绝不会亏待一个善良的人，与人为善，福报自然眷顾。人往往不能预见自己的结果，冥冥之中自有安排。所以种好自己的福田，端正自己的行为，你所给予的都会回到你身上。

　　印度诗人、哲学家泰戈尔说："你付出的善良里，藏着你未来的路。"不以小善而不为，伸出你的援手帮人解困，广积善缘，行善而不求回报者，往往能够得到意料之外的回馈。

　　生命本身其实是纯粹而干净的，而我们成长的过程中，渐渐地沾上了太多的尘埃。财富可以丢，名利可以丢，善良绝对不可丢，因为善良才是一个人活下去的脊梁骨，是福报的源泉。一个没有善心的人就像是行尸走肉，没有感情，光看利益，自私卑鄙，老天也不会饶恕，福报自然也会远离。

世间万事万物，皆逃离不了天道的规律，替天行道，才能积德纳福。人在世间走，要心存善念，这样才会得到人们的尊重。若你做的都是些对别人不利的事，伤害了别人，轻则人人避而远之，重则会害了自己。有福气的人，往往不会为了小便宜去浪费自身精力，他们始终懂得"君子爱财取之有道"的道理。歪门邪道也许是条捷径，但它终究不如阳关大道平坦。

想在世间立于不败之地，就要努力保持你的善良，多做好事。人的福报都是善良的心修来的，这世上公道自在天地间，邪永远斗不过正，恶永远斗不过善，善恶有报，这是亘古不变的道理。

做一个善良的人，生活里多一些宽容，就会少一些计较。心甘情愿吃亏的人，终究吃不了亏；能吃亏的人，人缘必然好，人缘好的人，机会自然多。人的一生，能抓住一两次机会足矣，切忌为了捡一棵草，而丢失了一片森林。

善良犹如一团火，能融化我们内心的坚冰；善良是一股清泉，能荡涤我们的心灵；善良是温暖的阳光，能给我们带来光明；善良是一缕清风，拂去我们心灵的尘埃。一个人，内心只要播下一颗善良的种子，就一定会开出美丽的花朵。

◆
——

第六辑

好的书籍是智慧的钥匙

合抱之木，生于毫末

世上没有克服不了的困难，也没有到达不到的高度，要想成功，就一定要有坚定的信念，勇于面对各种困难和挑战。一砖一瓦能建造出人生大厦，一沙一石能积成巍巍高山。持之以恒是处理一切事情的根本素质。

战国末期思想家荀子说："不积跬步，无以至千里；不积小流，无以成江海。"这句主要是说积累的作用，可用来论说学习工作贵在不断积累。荀子的话引申开来，就是在现实生活中做事切不可眼高手低，要脚踏实地，不畏艰难，不怕曲折，持之以恒地做下去，才能最终达到目的。《道德经》中也说："合抱之木，生于毫末；九层之台，起于累土。"这句话从"大生于小"的观点出发，说明大的东西无不从细小的东西发展而来，同时也告诫人们，无论做什么事情，都必须具有顽强的毅力，从小事做起，才可能成就大事业。

　　不难看出荀子和老子的两句话有着相似的含义，它们都阐明了事物从量变到质变的过程——也就是说，没有量的变化，就没有质的飞跃。所以，我们要脚踏实地，持之以恒，在事物的发展进程中把握好时机，促进事物向好的方面转变，只有这样，才能不断推动事物向前发展。当然，任何事物的发展都不可能一蹴而就，都需要有一个漫长的过程，只有积极进取，锲而不舍，才能到达胜利的终点。

　　真正的强者，都有一个为社会做出贡献的远大志向。但这一目标，只有通过坚持不懈的努力和一点一滴的积累，才能得以实现。

　　高楼万丈平地起，积沙才能成塔。一个人如果空有远大的志向，而不愿落实到行动中去，他的理想就会变得空泛而不切实际，他的远大志向就会像海市蜃楼，永远可望而不可即。所以，人们做事既要有计划和目标，又要有脚踏实地的实干精神。只有把远大的理想和具体行动有机地结合起来，才能取得最终的成功。

　　千里之行，始于足下。做自己的主人，牢牢把握今天，才能拥有一个灿烂的明天。

人生就是一场艰苦的修行

· · · · ·

　　人生就是一场艰苦的修行，修的是自己的认知，行的是破除"我执"。每个人都有自己的价值观，对那些自己不能理解的事，要以宽容的心态去看待。真正成熟的人往往懂得换位思考，懂得站在别人的角度考虑问题。

　　明代理学家、教育家王阳明说："天下无心外之物。"意思是说，天下万事万物都是人内心的投射。你看到什么，说明你内心有什么。

　　其实，人生重在醒悟，只有不断自省、不断自我更替，才能遇见更好的自己。当我们对别人处处不满意时，很可能就是在挑剔那个深藏在心灵深处的自己。只站在自己的立场，看到的只是片面的东西，往往无法解决矛盾；总是想改变别人，不懂得反思自己，只会恶化现在的问题，加剧彼此的矛盾。所以，换位思考才是解决问题的最佳良方。

当我们遇到一件事情的时候，应当多一些思考和分析，少一些想当然的主观臆断；当遇到不如意的事情时，应当控制好自己的情绪，那才是一种修养和智慧。学会控制情绪，一方面，要注意平时在小事上的磨炼，让自己看问题不再偏颇；另一方面，要时常保持中立的立场，时间一长，人本身就会带有一种平和安静的气质。

那些心胸狭隘的人，只会将自己局限在狭小的空间里而郁郁寡欢；心胸宽广的人，他的世界会比别人更加广阔。为什么人们不厌其烦地追求那些看似风光，实际上令人身心疲惫的"负担"呢？这是因他们内心少了一种简单的人生态度。由于人的立场不同，看到的世界也就不同。真正成熟的人总是懂得换位思考，多体谅别人难言的苦衷。

做人有底线，腹中天地宽。看别人不顺眼，不要总想去改变别人，先要调整好自己的心态，修好自己这颗心。倘若我们能站在他人的立场上思考问题，可能会另有一番发现。

世事万千，不变的只有人性。当你遇到难缠的人和事时，不妨从人性的角度去思考解决的方法。保持谨慎的处世态度，不迷失自己的心智，守住自己的内心底线，只有这样，才能邂逅人生最美的风景。

人是靠思想站起来的

人类与其他动物的本质区别，在于人类拥有思维，并能运用思维进行创造。随着生活水平的不断改善，人们对生活品质提出了更高的要求，促使人类向更高级的方向发展，不断拓展人类的视野及想象空间。随着时间的推移，人类的一些思想又形成了科学的理论知识。因为科学理论有指导作用，经典作品也就应运而生了，其表现形式丰富多样。这些经典作品往往会在不知不觉中赋予人信仰，哪怕我们还没有完全掌握它的精髓，它也会不自觉地在思维方式中体现。

德国哲学家黑格尔有句名言："人是靠思想站立起来的。"人的力气是有限的，而人的思想和智慧是无限的。所以，人要去思考，让人生更有意义，要用思想去创造，让生活更美好。

往往人到中年以后，我们才逐渐意识到，

只有磁场相近的人，才能相互欣赏，相互勉励，成为挚友。我们也知道，追求不是用来妥协的，有时候你退缩越多，能让你喘息的空间就越有限。所以，我们在求知探索的路上，无须把自己摆得太低，属于自己的都要积极地争取，不必一再地忍让，更不能让别人践踏你的底线。

永远不要因为别人的错误而惩罚自己。倘若一个人陷入负面情绪太久，就容易和自己较劲，像是深陷泥潭，难以全身而退。因为很多事是争不明白的，每个人的认知层次高低不一，三观也各有不同，争执再久都是徒劳。

认真过好每个"今天"，脚踏实地，不虚度年华，唯有这样，才能真正拥有自己的灵魂，人生才算不虚此行。

只要奋斗，一切皆有可能

····

　　每个人的心中，都有一个自己渴望实现的梦想，但是，要实现它，必须坚定信念，不乱阵脚，不受干扰，这样方可守得云开见月明。人生在世不必抱怨生活给予的磨难太多，也无须抱怨生命中有太多的曲折，尽管征途漫漫，我们只需报之以歌。

　　人需要有恒心、执着的毅力和信念的支撑，要坚信，这一秒不放弃，下一秒就有希望！坚持下去才可能成功！一分耕耘一分收获，未必；九分耕耘一分收获，一定。世上没有让人绝望的处境，只有对处境绝望的人。

　　很多优秀的人，都是学习认真的佼佼者，很刻苦，甚至很热爱学习，学习起来，如饥似渴，倘若一会儿不学，就会感到难受。他们把学习当成了一种习惯，把学习当成了生活中不可缺少的一部分，他们不优秀，都会让人感到不可思议。回望我们自己，有时候，很多事情还没有去做，就给它们贴上"不可能"的标签，这只是自己不想竭尽全力去做的一个借口而已。成功的经验告诉我们，要想成才，只有想尽一切办法，付出所有努力去做，才能有所收获。

在这个喧嚣的世界上，要守好心中的宁静。心静人自安，面对那些消耗你的人，最好的解决办法就是趁早远离他们，不要再让他们影响你的心志。世事如此，不管你如何尽心尽力，都有可能不被某些人欣赏，而且总有人认为你做得不够好。既然如此，别人的眼光有什么资格令你放弃梦想，放弃追求更好的自己？有所追求不是为了扬名，更不是为了出彩，而是为了不忘信念。我们要以出世之心做人，以入世之心做事，认真修炼自己的德行和能力，在一路追求的过程中感受生命的多姿多彩。

未来还有很多美好在等着我们，让我们敞开胸怀，热情拥抱明天，有梦想的，再加把劲儿，有遗憾的，现在努力还不算晚，相信自己，拿出你的魄力去改变自己。当汗水和血泪流过心里的时候，你就会发现，奋斗的人生是如此精彩。待你努力过后，便不会再为自己曾经的庸庸碌碌而后悔。

别等了，人生就在奋斗之中！

点亮心灯，照亮远方

古往今来智者圣贤都是明灯。他们传经布道，释疑解惑，指点迷津，著书立说；他们的智慧之光能点燃人们的心灯，使人们看清方向、道路和前程，亦给人们带来希望和信心，令人颇有一种"天不生仲尼，万古如长夜"之感。

圣严法师说："有德即是福，无嗔即无祸，心宽寿自延，量大智自裕。"生活不是一帆风顺的，每个人都会有情绪，我们要学会控制情绪，不能一味遏制情绪的发泄，要学会疏导。人生若能够做到不乱于心，不困于情，便是一种大智慧。

在人生的路上，我们遇到的最大敌人往往是自己的情绪。情绪不稳定的人可能会口不择言，甚至还会与人发生肢体冲突，但等情绪一过，又会感到后悔不已。事实上，真正成熟的人一定不是情绪化的人，而是理性的人。

生命中遇到的是是非非只能由自己去处理，你走过的每一段路都是你德行的折射。人在旅途，难免会遇到困难和不顺心的事，若一味争理，偏要出头，往往怨气丛生，牢骚满腹，最后惹得矛盾激化，得不偿失。还有人遇事爱抱怨，总以为命运不公，遇人不淑，怀才不遇，其实是自己的意志薄弱，不能面对现实，也缺乏对周围世界的温情与善意。其实，抱怨是这个世界上最无用的东西，与其抱怨，不如努力改变自己。

　　自古以来，人们都强调要广结善缘，结善缘者最终总能有所收获。控制好自己的情绪才能在跌宕起伏的人生路上顺利前行。当生活陷入黑暗，能够拯救我们的唯有自己，发脾气和依靠别人大概率解决不了任何问题。

　　控制好自己的情绪不一定是软弱的表现，忍让也不一定就是无能，有时候迁就忍让也是一种能力。

顺境不惰，逆境不馁，万事可成

· · · · ·

人生的道路既有平坦，又有崎岖。有些人在平坦的道路上欣喜和自傲，在崎岖的道路上绝望和颓废，而有些人无论处在什么情况下，都在坚持做好眼前的事。事实上，越是顺利，就越要懂得克制自己，不要迷失了前进的方向。

晚清时期政治家、文学家曾国藩说过："顺境不惰，逆境不馁，以心制境，万事可成。"意思是人在顺利的环境中不懈怠，不产生依赖惰性，逆境中不妥协放弃，那么就没有办不成的事情。

在我们奋斗的过程中，很多人会在一帆风顺的时候得意忘形，肆意挥霍大好的时光，享受一时的逍遥快活。然而，当挥霍过后，却发现生活变回了一片狼藉的状态时，于是又开始后悔和绝望。人的一生，怎么可能会一直都有好的运气呢？即使你有了好的运气，那也是你之前积攒来的，如果你只顾着享受，忘记做好当下的事，那么你今后就不会再有好的运气光临了。

胜不骄，败不馁。尤其是在顺境的时候，要学会沉淀自己，你走的每一步路，都将会让你变得更加优秀。凡是有所作为的人，从未在顺境中停下自己的脚步，而是一步一步稳稳地向前走。他们身处逆境时，也能处事不惊，妥善驾驭自己的情绪，掌控自己的方向。

只有强大的灵魂，才能不惧风浪，一路向前。而灵魂的修炼不是一蹴而就的事，需要一个长期的过程，首先便要多读书，提升自己的品德，提高自己的认知，弥补自己的不足。

一个人如果空有远大的志向，而不愿落实到具体行动中去，他的理想就会变得空泛而不切实际，就像海市蜃楼一样，永远可望而不可即。所以，我们做事既要有计划和目标，又要有脚踏实地的实干精神，还要有具体的行动，只有这样，才能迈向成功之路。

向上向善，知行合一

中华文化博大精深、源远流长，在历史的长河中，古代圣贤们先后创办了各种学派，其思想学说，多引导人们培养好的德行与修养，并告诫人们要自强不息，奋发有为，积极向上。当人们陷入人生窘境之时，不妨学习一些警世之言，从中得到教诲和借鉴。

春秋末期的思想家、道家学派创始人老子在《道德经》里说："上士闻道，勤而行之；中士闻道，若存若亡；下士闻道，大笑之。"即上士听"道"，因为听懂了，就会努力地去实践，这是知行合一的表现。中士听了"道"，因为理解得不够透彻，所以半信半疑；下士听了"道"，因为完全不能理解，所以会嘲笑"道"是荒谬的。可见，思想境界不同，对事情的理解也不同，所以老子说"不笑，不足以为道"。

老子所谓的"道"，指事物的客观规律。"勤而行之"勤奋地下功夫去实践。"若存若亡"是有时候会去思考，有时候是得过且过。"大笑之"是对事物的规律持排斥与不信任的态度，认为可笑。"不笑，不足以为道"是老子认为，"道"是在被怀疑、被排斥中不断完善，植根于人心中的。"道"是哲学名词，是中华民族为认识自然为己所用的一个名词，意思是万事万物的运行轨道或轨迹，也可以说是事物变化运动的场所。

人往高处走，水往低处流。渴望早日成才、踏上社会建功立业是很多有志之士的共同心愿，但这一理想和目标，只能通过坚持不懈的努力和一点一滴的知识积累，才能最终得以实现。

与其耍小聪明，不如广积善缘，认真修行，去除无谓烦恼，并持之以恒，我们的生命才有更深的意义，才会有长足的进步，才能绽放出最耀眼的光芒！

心有长城，能抵万丈波澜

·····

生活有酸甜苦辣，但不能有过多的贪欲，否则风景再美，也会留下诸多的遗憾。

释迦牟尼说："贪婪之心太强烈，就等于沉入苦海。"可见，我们要懂得适可而止，切忌贪得无厌，否则就可能坠入苦海深渊。

在选拔人才的过程中，得有见微知著的眼光，首先要考虑德才兼备的人选，做到知人善任，切不可被外表的假象蒙蔽了心智。

公道自在天地间，人在做天在看，善恶终有报。我们真正所要追求的，并不在于比别人拥有更多的财富，或者比别人优秀，而是在于不断超越从前的自我。总而言之，贪婪的人不一定就富有，甚至还会有灾殃；知足的人未必就清寒，只要心中有阳光，就会有福报。生命的美不在于它的绚烂，而在于它的平和；不在于它的激情，而在于它的平静。唯有平和、平静，才能见识生命的深邃。

人贵有德，方能行走天下，永远保持善良的心，是这个世间最难能可贵的品质。做一个自律的人，面对形形色色的诱惑，做到心不动，眼不迷，坚信心中有长城，方能阻挡万丈狂澜。

岁月留痕，时光荏苒，裹挟着人们不断地向前迈进。生活也是一本教科书，很多时候我们身边的环境并不如愿，所谓"他山之石，可以攻玉"，在困境中要学会借鉴他人的经验教训和智慧，以弥补自己的不足。

老子《道德经》有云："知人者智，自知者明；胜人者有力，自胜者强。"这句话的意思是说，能够了解别人的优劣，是有智慧的，能认清自己的才是真正明理之人；能够胜过他人的人是有力量的人，能胜己者才是真正强大的人。

很多人以为自己什么都懂，其实是被物欲蒙蔽，不能清醒地认识自己的不足。所以，反省是一面镜子，也是一剂良药。

人生来都是璞玉，必须经过雕琢，才能光彩夺目。人与人的性格也有差别，有些人谦虚好学，不断进取，拥有挖不完的精神宝藏，而有些人有点儿成就就开始得意忘形，其前程可想而知。

其实，一个人最好的生活方式，莫过于看自己的风景，走自己的路，坚守自己的方向，理解他人的不同。

成功是和自己较量

●
●
●
●

在人生的道路上，不知有多少人因为别人的闲言碎语而放弃了自己的理想，也不知有多少人因为别人的一句话而改变了自己的决定。这是可悲的，到了最终，可能既做不成别人，也找不到自己。

意大利著名诗人但丁说过："走自己的路，让人们去说吧！"人活一辈子，要有自己的理想和目标，要敢作敢为，只有这样，才能找到真正的自我。只要不违反法律、不侵犯他人利益，就不必太在意别人的眼光，努力做自己想做的一切事情。

我们是要前进的，若拒绝批评和改正自己的错误，那就是堵塞了自己的道路。应当对众多的意见进行分析、比较，有理的接纳，无理的就舍弃掉。若一味偏信自己，一意孤行，那么路只能越走越窄；若再不听忠告，那么在前进的道路上，就不会有进步，有时甚至还会摔跤。

在生活中，我们能做的就是做好自己，无愧于心，不为无谓的琐事困扰。不应因为别人的意见而乱了心神，亦不能因为别人的诋毁而停滞不前，太在乎别人的评价，就会束缚、局限自己的思维。别人说再多的道理，都不如自己深入地思考。自己领悟到的，才是属于你的经验。

生活终究是自己的，自己的感受才是最重要的。我们千万不要把光阴耗费在毫无意义的事情上，别让闲言碎语扰乱了我们的步伐和心智。

心怀谦卑，不断修炼

· · · · ·

　　有一种人，在获得权力和利益之后就原形毕露，用尽手段为难他人，以此来满足自己的虚荣心。这样的人由于德行不够，即使在很高的位子上，也依旧不会取得长久的成功。相反，如果一个人发迹之后依然不忘旧友，善待他人，即使人生路上遇到艰险，也总是可以逢凶化吉，最终取得成功。

　　作家杨绛先生说过："当你身居高位，看到的都是浮华春梦；当你身处卑微，才有机缘看到世态真相。"这个世界，并不像我们想象的那么仁慈，甚至要比想象的势利、现实得多。当我们身处高位，所看到的不过是伪装下的人间，只有身处低谷，才能够看清这个世界最真实的模样。

　　我们春风得意的时候，不仅身边全是笑脸

相迎的朋友，生活也过得舒心惬意。但是，如果因此我们就理所当然地认为这就是最真实的世界，那就大错特错了。因为，在得意时看到的美好，只不过是被光环隐去的黑暗。

高位是人民给予的，应当予以回报，应当为民办实事、办好事，在位绝不能辜负人民的重托和希望。但凡高贵气质者，多有独立的意志、悲悯善良的人道主义精神和历经沧桑的云淡风轻。如果说常怀感恩之心宛若春风和煦，那么布下恩慈之举，温柔以待世界，那便是做人之道的精髓。

人生在世，别忘了随时调整好自己的状态，摆正自己的位置，心怀谦卑，不断提升自己，这样才能得到人们的尊重，人生之路才能行稳致远！

以痛吻我，报之以歌

世道沧桑，人贵有德，为人诚实，不耍花招，今日吃点儿亏，他日必有好报。秉持一颗善良的心，乐观面对生活，路才能越走越宽，生活才会越过越滋润。

我们知道嫉妒是人性中的阴暗面，是前进路上的大敌，嫉妒使人宁肯自己被抹杀，也不让其他优秀者得利。这种人非蠢即坏，理应受到人们的谴责和唾弃。

印度诗人拉宾德拉纳特·泰戈尔说："世界以痛吻我，要我报之以歌。"意思是世界给我们带来了痛苦和磨难，在一些事情上我们受到了伤害。然而，我们的态度不应该是消极的，而应积极去面对，依然要爱这个世界，把这些困难作为锻炼我们的机会。

生活告诉我们，你必须学会承受委屈，才

能抵挡人生的风风雨雨。有许多人在经历了各种磨难之后，会用泰戈尔这句话来鼓励自己以更加积极的心态去面对生活。这句话表达出一种乐观和豁达的心理境界。"世界以痛吻我"中，"吻"这个字使用了拟人的手法，本来代表的是爱意，因此表现出世界给我们磨难，不只是为了打倒和击败我们，而是为了让我们浴火重生，我们也可以把它理解为一种反向的推动作用。

世上没有任何道路能通往真诚，因为真诚本身就是道路。都说最冷漠的不过人心，最看不透的亦是人心，很多人被外界影响了之后动摇了自己的意志，而有些人却能不忘初衷，活得淡然而不失自我。渴望成功是人之常情，取得成功有很多诀窍，其中一条就是端正品行，不做损人利己之事。只有正确认识自己，找准自己的定位，恪守德行，才能实现自己的目标。

世事千变万化，不变的只有人性。当你遇到困难时，不要急于找答案，不妨多从人性的角度去思考问题，而生活的美好，往往是在你不经意的时候盛装降临。

• • • • •

善良从不是单行道，你做出的善举，终将
会回馈于你。

春秋末期思想家曾子曾说："人而好善，福
虽未至，祸其远矣。"这句话的大体意思是，一
个人经常怀有善心，不做坏事，多做善事，即
使当时没有好事来临，久而久之也会积德，祸
事自然就远离他了。

洞悉人性，窥见世间之苦，你会发现，能
够拯救你的只有你自己。勤奋学习，踏实工作，
坚定地去成就最好的自己，让生命绽放最独特
的色彩。

人生浮沉，起落无常，人们都期盼自己能
顺风顺水，发达兴旺，喜乐安康，然而只有乐
善好施、品德高尚的人，才是上天眷顾之人。

所以与人为善，是一种品德，是一种修养，

它像春日阳光温暖和煦，像夏日细雨滋润心田，如秋天的落日余晖，似冬日的晶莹雪花。勿以恶小而为之，勿以善小而不为，这就是人生最好的状态。

腹有诗书气自华

·
·
·
·

　　读书之人身轻如燕，勤于思考和爱读书的人，精神财富会不断增长。喜欢读书的人，从来都不缺少自由的灵魂，他们的心灵无须设防，却永远不会被攻陷。读书既能开阔眼界，又能培养想象力，并从中汲取精神养分，树立正确的人生观、价值观。

　　作家莫言曾说："读中外名著，犹如拥有一笔财富。"读书在精不在多，只有经过岁月考验而经久不衰的作品，才能真正滋养灵魂。它们是代代传承的文明的结晶，能将人的认知水平提升到一个新的高度。

　　如果一个人空有远大志向，而不愿落实到行动中，这理想就会变得空泛而不切实际。读书的目的不在于记住什么或写出什么，而在于将书中的道理内化为我们自己的思想和精神。

正所谓"腹有诗书气自华",书读多了我们自然就有了自己的感悟,逐步积累,最终成为一个真正的"博学"之人。

对于漫长的人生来说,读书的时光是短暂的,但足以让人生之路熠熠生辉。让自己多接触一些美好的事物,感受自然之美、诗词之美、意境之美等,相信这种对美的感知能够浸润你的内心,并伴随你终生。

借时光之手,掬一抹花香。当一个人全身心沉浸在自己的爱好里,就会暂时摆脱生活中的一些琐碎,浑身散发着光芒,这光也会感染身边无数人奋发进取。

成功之路

　　这个世界上有太多的人想走捷径，想以最轻松的方式过上最精彩的人生，然而，一个人如果不脚踏实地，不遵守道德，即使野心再大，谋划再远，也不能成就大事。

　　人生不是康庄大道，总是会遇到各种各样的艰难曲折，我们要在不断经历失败和挫折、不断克服困难的奋斗中前进。

　　战国时期思想家、教育家孟子曰："故天将降大任于是人也，必先苦其心志，劳其筋骨，饿其体肤，空乏其身，行拂乱其所为，所以动心忍性，曾益其所不能。"大意是说，上天要把重任降临在某人身上，一定要先使他的内心痛苦，筋骨劳累，使他忍受饥饿，使他受贫困之苦，使他的行动总不如意，通过这些来激励他的内心，使他的性格坚定，增加他不具备的才能。也就是说，想要增加才干，就必须在实际生活中打磨、锻炼。反过来说，一个人能否成大器，取决于他的意志与抗压能力。

人常常会因为主观愿望与客观现实存在矛盾而忧心忡忡，陷入消极情绪中，但是人也正是在这种忧患困境中才磨炼了意志、提高了认识。只有踏踏实实走好自己选择的路，才能给自己一个交代，如果内心不够坚定，放弃自己的初衷，甚至投机取巧，搞歪门邪道，到头来往往一事无成、前程尽毁。

历史告诉我们，"生于忧患，死于安乐"。人常常犯错，然后才能改正；内心忧困，思想阻塞，然后才能奋发图强；忧患只有表现在脸色上，流露在言谈中，才能被人们了解。常处忧愁祸患之中可以使人保持警惕、不断奋发，而倘若长期处于安逸之中，不思进取，惰于防范，就会使人沉沦下去。

人在奋斗过程中会遇见很多不顺心的事和人，如果一味纠缠，就会影响自己的心情，阻碍自己前进的步伐，甚至还会给自己带来伤害。因此，遇事不纠缠，不仅是一种态度，更是一种智慧。

人生不怕困苦，就怕自大轻狂。无论何时何地我们都要保持一种谦逊的态度，明白自己的不足，才能避免走更多的弯路，才能从痛苦中走出来，碰触好运之神，只有这样生命之树才能常青。

阅读经典，走向文明

> ·
> ·
> ·
> ·

　　书籍是人类共同创造的精神财富，是人类智慧、意志、理想的最佳体现，是人类传播思想、积累知识、传递经验的物质载体，是贮存人类代代相传智慧的宝库，是人类知识最为重要的载体和保存方式。所以，读书能丰富人们的精神世界，提升人们的综合素养，更能愉悦身心，陪伴人们走过漫长的悠悠岁月。读书的目的，不在于要通过它取得多大成就，而在于当你被生活打回原形、陷入泥潭时，那些知识能给你一种内在的力量。

　　高尔基说："书籍是人类进步的阶梯。"这句话把书籍比喻成阶梯，意思是说人类的进步离不开阅读，书籍为人类提供了丰富的知识和经验。阅读经典著作能使人从野蛮走向文明，从书中我们还能学到如何更好地生活，更好地去建设我们自己的国家。所以，我们一定要多读书，读好书，使自己更上一层楼。

读书可以增长知识，可以陶冶人的性情，让人变得高雅。读书是一件高贵的事情，腹有诗书的人气质都特别高雅，因为书中的知识和道理会让你不断地完善自己，让自己成为更好的人。其实，灵魂需要好书的浇灌，读书越多，就越懂得这世间万物背后的规律，对待很多事情的心态也能平和、旷达。

生命中最好的同伴，不是在社交圈，而是在经典的书籍里。一本好书就如一位好老师，它可以塑造一个完美的灵魂，可以改变我们的性格，引导我们积极向上、奋发进取。书中曲折的故事情节，生动活泼的人物形象，无不在感染着我们，使我们辨清真、善、美和假、恶、丑。所以，勤于思考的人爱读书，精神和财富也会随之不断增长，思想境界也会得到不断提升，亦能跟上时代的步伐。而懒得思考的人不爱读书，于是精神生活匮乏，成为浅薄、平庸之人，蹉跎了年华，耽误了人生。

在我们生命的长河中，以仰望天空的心境，辟一块安静的绿地，静下心来默默耕耘自己的梦想，勇毅前行，坚定自己的方向不回头，总有一天你会激发生命的潜能，到达理想的彼岸，进入一种"闭门即是深山，读书随处净土"的妙境。

读书可以突破时空的界限，领悟经典作品的真谛。这么多的名人留下关于书的名言警句无非就是要告诉我们读书的重要性，读书在我们的人生中起着巨大的启迪作用。所以有了书，可以让我们懂得更多的知识和道理，明白书也是人类进步的助推器。人们通过书籍来了解事物的种种，了解伟人给予我们的启发和教诲，从而让我们从愚昧无知走向知书达理。

大道至简

● ● ● ● ●

　　人生犹如梦幻，拥有的财富再多，百年之后也带不走；权势再大，辞世之后都是浮云。而遵守道义的人拥有永不变质的财富，时时受人敬仰。世界上的事物没有永恒的价值，一切都会消亡或转化；处世没有固定不变的准则，只有择善而从之，才能拥有光明的未来。

　　《老子》里讲："祸莫大于不知足，咎莫大于欲得，故知足之足，常足矣。"意思是说，祸患没有大于不知足的，罪过没有大于贪得的。因此知道满足的人，永远是满足的。由此可见，知足者常乐是多么有道理，知足与否，不在于他实际拥有多少，而在于他的欲望大小。是我们的，我们以合适的方式获得；不该我们的，虽一毫而莫取。知足者富，如果一个人永远处在不知足的状态，他也就永远不会有心灵的安宁。

欲望的外向性决定了人对外在事物的贪婪欲求是个无底洞。所以，为欲求所付出的代价是无法估量的，人们为什么不吸取教训，从贪婪的泥潭中解脱出来呢？大道至简，我们只有遵循大道法则，做到无欲则刚，才能合乎道义，这也是人生快乐的源泉。

人在社会上打拼，难免会为人情名利所累，但是懂得生活的人，会把身心的自在和愉悦放在首位。德行不以地位、金钱、容貌来衡量，真正有大德的人，是一个崇尚真我、善于自省的人，是一个具有道德操守、宽容气质、严谨节操、高雅气质的人。所以人生万般模样，我们只需要认清自己，对自己的人生负责就好。

一个人太爱名利会浪费太多的时间，聚敛的财富越多，贪图虚名越甚，最后败亡就越快；不知道珍惜现有的，过分追逐名利，势必招来灾祸和不幸。所以要谨防"贪欲"之害，无论什么情况下都要把握住自己，洁身自好，清廉自律，不要干出"一失足成千古恨"的蠢事，尤其是在自己有权有势的时候，更不可突破道德和法律的底线。而要做到这一点，必须经常反躬自问，不断增强在是非面前的辨别能力、诱惑面前的自控能力，不断提高慎权、慎独、慎微、慎友的自觉性。

生命的旅途是一张有去无回的单程票，有了贪婪欲求，只会让自己陷入无尽的痛苦之中。因此，我们应该挣脱名利的束缚，看淡利益得失，不让物欲冰封我们的笑容，拖慢我们前进的步履。